公式の非公式ライバー
兄者《あにじゃ》
P・S一期生
吹雪《ふぶき》菫《すみれ》

P・S二期生
八重咲《やえさき》 紅葉《もみじ》
P・S二期生
春風《はるかぜ》 桜《さくら》
P・S一期生
サイサリス・夜斗《やと》
・グランツ

CONTENTS ▼

- #兄者参戦 — 006
- #人を2D化するな — 022
- #コラボなんて聞いてない — 039
- #ホラゲ配信はオフコラボとともに — 059
- #兄者は謝りたい — 073
- #兄者戦記 — 093
- #ゲーム×ト×ザツダン — 112
- #とある聖女の魔王攻略 — 127
- #さよなら兄者先生 — 145
- #切り抜き集 — 162
- #俺のライバーアカデミア — 177
- #ダンベル何キロ持たせる? — 196
- #男性VTuberの日常 — 213
- #ライバーキング — 231
- #兄者が何を言っているかわからない件 — 247
- #通常配信が乱入配信でコラボ配信の兄者さんは好きですか? — 264
- #この素晴らしい誕生に祝福を — 276
- #愚妹廻戦 — 294
- #あの日見たサムネの配信を僕達はまだ知らない — 306
- #はたらく兄者 — 321
- #酒豪の錬金術師 — 337
- #地獄美少女 — 352
- #罰ゲームに出会いを求めるのは間違っているだろうか — 368

Imouto no haishin ni hairikondara Vtuber atsukai saretaken

妹の配信に入り込んだらVTuber扱いされた件1

江波界司

BRAVENOVEL
ブレイブ文庫

＃兄者参戦

「おーい、俺のス〇ブラ知らん？」

三回のノックと同時にそう聞いたが、返事がない。ただのしかばねのようだ。

時刻はてっぺんを回って一時半、流石《さすが》に寝たか？　電気つけて？　バカなの？

残念ながらウチの妹はバカである。

どれくらい、っていうと学校の教頭と校長を把握してないくらいにはバカだ。お前どうやってその高校入ったんだよ……。

いくら防音のいい部屋でも二十回を超えるノックをしたら気付くと思うが、返事なし。

まぁ、多分寝落ちだろ。

起こさぬようにそっとお邪魔しまーす。

「……まぁ、だよな。ここにあるよなそりゃ」

何やら知らないコードまで繋《つな》がっているが、間違いなく俺のゲーム機だ。

せめて借りるくらい言って欲しいなおい。

視線を移すと、我が愚妹がＰＣの前で寝ている。

スタンドマイクとかあるけど、何やってんだこいつ？

ＰＣ画面を見て納得した。ディスコ〇ドか。

チャット
上位チャット
兄者乱入w
【速報】姫、寝落ち後兄者が乱入
兄者参戦！
つか、兄者ヤバくね？めっちゃ上手いんだけど
それな
これだけで配信成り立つの草
姫ー！起きろー！画面が大変なことにー！
大変つか、えぐい
姫のプレイ見た後だと余計にな……

誰かと通話しながらゲームしてたんだろうな。
勝手ながら『切ります』とだけメッセージを入れて電源を切る。
自分の部屋に戻ってもいいが、せっかく立ち上がってるし少しやってくか。
社会人なってもゲームするのは学生時代と変わんねえな。
コントローラーを取り、いつものキャラでランク戦に潜る。
さーて、とりあえず五連勝するまで帰れま10かな。それ十じゃないじゃん。

コメント欄
コメント：兄者乱入ｗ
コメント：【速報】姫、寝落ち後兄者が乱入
コメント：兄者参戦！
コメント：つか、兄者ヤバくね？　めっちゃ上手いんだけど
コメント：それな
コメント：これだけで配信成り立つの草
コメント：姫ーー！　起きろーー！　画面が大変なことにーー！
コメント：大変つか、えぐい
コメント：姫のプレイ見た後だと余計にな……

後日、妹にキレられた。
え、なにごと？

「あーも！　説明めんどい！　コレ見てこれ！」

そう言って渡されたスマホの画面には、VTuberの切り抜きなる動画。

映っている少女は、春風桜《はるかぜさくら》というらしい。

桜色の髪はボブというんだっけか。ロングじゃなく肩口で切りそろえられている。

服装は、花柄の着物？　パーカー？　二つをミックスしたようななんちゃって和服を着ている。

人気なのか？　VTuberとかよく知らないんだけどな〜。

そう思いながら見てて、気付いた。

「この声、このバカっぽい喋り方……お前？」

コクリ、と愚妹が頷《うなず》く。

は？　いやいやいや、え？

俺の妹、VTuberなの？　何それ面白い小説書けそう（小並感）

「じゃなくて、問題はその後！」

「その後って……なん、だと」

続きを見てわかった。

この春風桜《はるかぜさくら》なるVTuberの配信に、俺が出てしまったのだ。

内容は声だけだし、妹の本名も呼んでないから良いんだけど、良くなかった。

「で、これがバズったと」

「一晩で八十万再生……アタシの新衣装の切り抜きでもそんな行ってないのに！」

知らんがな。

それ比べるとこ間違ってないか？

普通に考えて、VTuberの配信に生身の人間が交ざってしまったのだから放送事故もいい所だ。

最悪、クビも有り得るらしい。それはやばいな。

「俺はどうすればいいんだ？」

「あ、えっとね、……はい」

「いや、はいって……」

何やらどこぞに電話を掛けた妹のスマホを受け取る。

今思えば、ここで受け取ったことがそもそもの失敗だった。

「みんな～、おはる～。春風桜だよ～。ってことでね～今日は告知通りゲーム配信やってくよ～」

コメント：おはる～

コメント：待ちわびた

コメント：兄者まだ？

コメント：姫、兄者は何処

荒れてるな。

そりゃそうか。

推しの配信に要らん不純物が混ざればこうなるだろうて。

「えっとね～、もうみんな知ってるかな。なんと今日は、兄者が一緒にやってくれるぞ～」

コメント：おー
コメント：おー
コメント：200円　出演料
コメント：やっすw
コメント：枠二時間で200円はブラックで草
なにやら盛り上がっている。

なるほど、どうつるし上げてやろうかとそういうやつね。

「て言っても声だけだけどね～。は～い、じゃ～、兄者ど～ん」

面倒なことになった。

俺が変な責任感で依頼を受けたばっかりに……。

まぁ、事故ったからには責任あるしな。

ど素人を出そうとする事務所もどうかと思うけど、やるしかないか。

「はーい、どうもー、兄者でーす」

それはもう見事な棒読みである。

コメント：兄者キタ━━━(ﾟ∀ﾟ)━━━!!!

コメント：兄者めっちゃ棒読みで草
コメント：姫がいつもお世話になっております
コメント：親!?
コメント：親ってか身内はあっちｗ

なんだこれ。わからん。

リスナーが歓喜してるのも分からんし、俺がどういうポジションでいればいいかも分からん。

とりあえず愚妹のマネージャーさんから貰ったメモ通りやるか。

・春風桜の設定を守ること
春風桜↓名家の生まれ。堅い生活が嫌で家を抜け出しVTuberになる。基本的に世間知らずなところも多い。ゲームなどが好き。

誰よコレ……。

ウチはしがない一般家庭だし、さっきからこいつに名家の令嬢な雰囲気皆無なんだけど。これで守られてんの？　設定緩すぎでは。

・身バレには厳重注意
まぁ、そりゃね。

・モラルに反する発言は禁止
あれか、死ねとか殺すとか何か面白いことやって、とかな。

特に最後。これはもう社会的な殺害予告。

・撮れ高シクヨロ☆
　バカか。
　てか大丈夫かこの事務所。
「は〜い。なんか兄者テンション低いけど、大丈夫？　モンスター飲む？」
「強制的に元気にさせようとすんな。こんな何も分からん状態でテンション上げらんねーっての」
「は〜い。じゃ〜、早速やっていこ〜」
「うん、話聞こうな。つか聞けよおい」
コメント：兄者が不憫《ふびん》w
コメント：姫は相変わらずのマイペース
コメント：さすが二十四時間遅刻したライバーは違う
コメント：あれは凄かった
コメント：なにその伝説
コメント：一期生との初コラボで先輩を待ちぼうけさせたってマ？
コメント：あれはスミレパイセンじゃなきゃブチ切れ案件
コメント：スミレパイセンが菩薩すぎるわ
　なにやらコメント欄ではとんでもない内容が飛びかっているが……。
　我が愚妹は気にすることなくいそいそとゲームの準備を始める。もういいなるようになれ。

「この前ね〜、っていうか前回ね。付き人さん達とス◯ブラしたんだけどね〜。全然勝てなくてさ」
「おん」
「だからね〜。ウチの兄者に鍛えて貰おうと思ったんですよ」
「おん」
「は〜い。じゃ〜、勝負ね〜」
「おん」
誰だよ付き人さん。
あれか、リスナーの呼び名とかそういうやつか。
コメント：兄者ｗ
コメント：返事がＭＯＢ
コメント：ＮＰＣかな？
コメント：村人じゃん
コメント：ところがどっこい、兄者は魔王なんすわ
コメント：見た目は魔王、頭脳は村人
コメント：その名は、兄者！
コメント：誰だｗ
ほんとに誰だよそいつ。

ちなみにだが、我が愚妹は俺を兄者と呼ぶ。素で。

理由を前に聞いたが、「お兄ちゃんとかキモイじゃん」とのこと。

まぁ、確かに俺も言われたら拒絶反応出るな。

リアル妹なんてそんなもんだ。

「兄者はガノンさんだよね～」

「これしか使えん」

「兄者は嘘つきだもんね～」

「印象操作すんな」

「前にビリビリでハメたの忘れてないからね！」

コメント：センシティブ……？

コメント：いや、姫のことだし素だろ
コメント：ビリビリで……閃いた
コメント：通報した
コメント：ビリビリってなに？　ピカチュウ？

コメント：むらびとじゃん
コメント：兄者は村人だったｗ
「は～い。じゃ～、やってこ～。ちなみにね。アタシは強くなったからね」

「へー」

「信じてないな～！」
「別に。カ〇ビィか」
「そう！　カ〇ビィちゃんは強いって聞いたんだよ」
「ほーん」
「ボコボコにしてやる～」
対戦開始。
You Win
「いやァ～！」
「えうるさ」
コメント：兄者win
コメント：はっやw
コメント：即落ち二コマ
コメント：文字通り即落ちしてんの草
コメント：あれは姫は悪くないわ
コメント：開始五秒で落としてくる魔王はヤバい
まぁ、勝った。
愚妹の実力は素人には負けないくらいだし、そんなもんだろ。
伊達《だて》にゲームばっかやってないからな俺。

「むぅ〜。もう一回！」

「おう」

You Win
「もう一回！」

「おう」

You Win
「まだまだ　You Win！」

「……」

You Win
「まだまだ……」

「……」

You Win
「……」

「……」

You Win
「……」

「……」

You Win

コメント：これなんの配信だっけ？
コメント：無言耐久レース？
コメント：さっきからカ◯ビィが画面外に消えていく映像リピートなんだけど
コメント：よく見ろ毎回微妙に倒し方が違うぞ
コメント：間違い探し始まってんの草
コメント：俺たちは何を見せられているんだろうか
コメント：これがゴ◯ルド・E・レクイエムだ
コメント：姫！　これ配信だぞ！
コメント：かれこれ三十分無言な件
コメント：それで画面続くのヤバ
コメント：兄者の魅せプが光る
コメント：効率的な撃墜だったのが殺戮《さつりく》ショーになって来てるな
コメント：兄者マジ魔王
なんか酷い言われようだな。
さすがに俺もここまでボコボコにしてると気が引けて来てるわけで。
つか、泣かれる前にどうにかしないとな。
「なあ」
「……なにぃ？」

「ハンデつけるか」
「そうだね！　そうしよう！　すぐつける今つける！」
コメント：ハンデつけるまでが遅いｗ
コメント：半べそだったのに即復帰した
コメント：カ○ビィ復帰強いからな
コメント：もっと早く気付いてくれ
コメント：まぁ姫だし
「ハンデね～、じゃあね～」
「俺から一本でも取れたら勝ち」
「それハンデになってないよ！　高難易度クエストだよ！」
「えー。なら、ランダムキャラ？」
「兄者何使っても強いじゃん」
「ならどうしろってんだよ」
「右手なし！」
「移動だけでどう勝てと？」
コメント：掴みがあるぜ兄者
コメント：ガードがあるぜ兄者
コメント：回避があるぜ兄者

コメント：ジャスガがあるぜ兄者
コメント：スティックがあるぜ兄者
コメント：それただの事実確認ｗ
コメント：スティック無きゃ移動もできないわｗ
そりゃ掴みとガードとスティックはあるけども。
ボタンなしとか実質復帰無しだもんなぁ。いや、丁度いいハンデか？
「おっけ。けどガノン以外でいい？　復帰できん」
「兄者はガノンさんだよね～」
「それしか使えん。っておい」
「は～い。じゃ～ガノンね～」
ガノンさん、吹っ飛びにくいけど足遅いし飛ばないのよ。
飛べねぇガノンはただのガノンだぜ。
You Win
「いや～！　掴み技嫌ぃ～！」
「それしか使えんのだが」
ハンデ開始から通算十五戦。負け無し。
コメント：これはひどいｗ
コメント：左手だけで完封される姫が弱いのか兄者が強いのか

コメント：兄者は魔王
コメント：姫が虐められてる
コメント：姫虐か助かる
コメント：兄者が姫虐とかＤＶじゃん
コメント：ＤＶ系VTuber兄者
コメント：１０００円　兄者これで見逃してあげて
コメント：１０００円　身代金
コメント：身内に身代金払うの草

俺VTuberじゃないんだけど。

マネージャーさんが言うにはゲスト的な扱いで乗り切ろうとか。

それでいいのか。

まぁ実際問題、炎上に繋がってないのは幸いか。

普段の配信から兄者の存在はリスナーに知れ渡っていたらしい。

事務所としてはあの事故から春風桜を知る者も多いと考えたらしく、それならいっそ話題作りにしてしまえという魂胆のようだ。

俺も迷惑をかけてしまった手前、プロパガンダに協力するとは言った。

まさか配信に出ることになるとは思ってなかったけどな。

まぁ出るのもこれきりだろうし、我が愚妹にはゆるゆりと若者らしい生活をしてもらおう。

俺も二十歳なりたてだから十分若者だけど。

その日は十一時まで妹をボコって配信終了となった。

後々聞いた話だと、事務所的にもリスナーからの評価は上々だったらしい。

色々あったが、まぁ丸く納まったか。

良かった良かった。

後日、切り抜き動画がまた上げられ、姫虐がトレンド入りした。

妹に殴られた。

グーで。

#人を2D化するな

「兄者、配信しよ」

「意味がわからん」

我が愚妹はバカである。名前は桜（仮）。

バカであるが故にその個性を発揮できるのか、VTuberとはこいつらしい天職もあったものだ。

その天職をうっかり廃業させかけたのは俺だが、まぁ色々やって持ち堪《こた》えた。

で、なんでそうなるのん？

「勝手にやれよ」

「兄者も出るんだよ」

「出ねぇよ。事故の処理はしたし、これ以上出る理由がない」

「あるよ」

「何？」

「今日の配信、立ち絵披露だもん」

「誰の？」

「兄者の」

「なんで？」

「ママが描いたから」

「なにやってんのおふくろ」

妹曰く、別人らしい。

ママというのはVTuberのデザインを担当した絵師を言うんだと。

んで、春風桜を生み出した絵師さんは、何故か事故で乱入してしまった俺のイラストを描いたらしい。

は？

「なにやってんのママさん」

「この前の配信見てくれたんだって〜。でね、気に入ってくれたみたい」

「その人は気に入った名も顔も知らない人物を描く癖でもあるのか」

「顔も名前も知ってるよ」

「え、知人なの？」

「だって兄者の写真渡したもん」

「おい個人情報。もっと危機管理して？　危機感持って？」

昨今は写真ひとつで住所まで特定されるんだぞ。身バレしたらどうすんだ。

多分事務所には俺身バレしてるんだろうけど。

「兄者が出るって告知もしちゃったしさ〜。ね？　出よ？」

「事後承諾もいいとこだなおい。事務所さんはＯＫ出したのか？」

「もち！　じゃなきゃ立ち絵描かないよ〜」

「それもそうだが。俺の意思は無視されてないか」

「兄者はノリノリだよってマネに言っておいたから大丈夫」

「何も大丈夫じゃないし何をしてくれてんだおんどれ」

妹のスマホを強奪してマネさんと連絡を取る。

返ってきた返事は、「Y〇uTube見れば分かります」だった。

何も分からんし、できれば分かりたくもない。

仕方なしに検索欄に我が愚妹の別名を入力してみると……

【切り抜き】春風桜 兄者ＤＶ【姫虐】

とんでもないワード出てきたんだけども？

仕方なしに配信に出たら勝手にＤＶ男にされてるんだが……。

動画は百万再生までのカウントダウン状態。

開いてコメ欄を見るに、新たな扉を開いた紳士達が兄者なるエセVTuberについて熱く語っているようだ。

はっはー、誰なんでしょうね兄者って。

……やめよう、虚しいだけだ。

マネージャーさんに詳しい状況説明を求めた。

現在、多方から春風桜の兄者に興味が集まっている。らしい。

人気（？）VTuberの兄者（一般人）が配信に三時間をゲームで埋めるという事故から始まり。

事務所からオファーされて配信に公式参戦。

二度ともス〇ブラしただけだが、魅せプレイや虐待プレイが思いのほか客受けした。

だが、これ一般人なのよ？　リアルオールダーブラザーなのよ？

「いいんですか？　契約も何もしてない奴が配信に出て」

「面白いからいい！　だそうです」

「上司さん、頭おイカレになられているのでしょうか？」

「ネジの四、五本は飛んでると思います」

大変ですね、マネージャーさん。

そう、我が愚妹の所属するVTuber事務所『プリズムシフト』通称P・Sは頭がおかしい。だがそれも上層部がそうなだけであり、このマネージャーさんは至って常識人だ。それが余計に可哀想……。いっそ狂えたら楽なのにな。

そんなイカれた事務所だからこそ、問題児の権化《ごんげ》たる我が愚妹もVTuberを続けられている。

普通、あんな事故やらかしたら即アウトだもんな。

P・Sのボスさんは放任主義らしく、自由にやらせるのが信条なのだとか。

流石に身内を出させるのは自由にしてもやりすぎだと思うが……。

「は〜い、おはる〜。P・S二期生、春風桜だよ〜」

そんなこんなで、配信は始まってしまった。

コメント：おはるー
コメント：おはるー
コメント：そしてー？

コメント：来るよな
コメント：そら告知してるし
コメント：結局兄者はライバーなん？

コメント：公式の非公式ライバー

コメント：矛盾の権化ｗ
前は気にならなかったが、めっちゃ人見てんのな。
観覧五千人って、なんかもう怖い。
「は～い、もちろんいるよ～。兄者ど～ん」
「はーい、どうもー、兄者でーす」
コメント：恒例の棒読みｗ
コメント：通算二回で恒例になるのか
コメント：元気な姫と元気ない兄者がマリアージュ
コメント：おかわわわ
コメント：姫はともかく兄者はかわいいなのか
棒読みで許されるとか、俺の評価低いなー。別にいいけど。
つか、俺はライバーじゃないんだよな。
公式のサイトに掲載もないし、チャンネルもリスナーも機材もない。
あるとしたら、コネ？
「はいは～い。もうまえこーじょー？　とか要らないよね。今日は兄者の立ち絵を公開するよ～」
「お前から前口上という単語が出るとは思ってなかったわ」
「兄者、アタシをバカにしすぎじゃないかね」

「バカにしてねぇよ。バカだと思ってるだけだ」
「ドヤ顔でいうことじゃない～」
コメント：仲良いな
コメント：これ仲いいの？　兄弟いないからわからん
コメント：兄妹て大体こんなもん
コメント：リアルだと特にな
コメント：兄姫カップあり？
コメント：そこまで範囲広くない
とんでもないこと言い合うなよリスナー共。
リアル妹とカップルにされるとか、唐揚げに唐突にマヨネーズかけられるくらいには嫌なんだが。美味しいけどね？　ビックリするじゃん。
並んで歩いてパッと見カップルかなー？　とか思われるのは仕方ないとか思わんくもないが、知ってて言うのはどうなのよ。
コメント：立ち絵って誰が書いたん？
コメント：リスナーとかファンアートじゃね
コメント：公式だったらド肝抜く
コメント：公式はさすがにないだろ
コメント：リスナーに一票

お？　なんかソース談義が始まっている。

俺らが変な会話している間もあっちは待ってるもんな。

ちなみに、このコメントにはスーパーチャットなるものがある。

いわゆる投げ銭だ。

週とか月の上限があるものだが、マジのファンはサブ垢まで使って投げるとか。

そしてこれはVTuberの貴重な財源。

つまり、事務所の財源だ。

正直、俺はこのよく分からん状況を続ける気は無い。

いい感じに事務所を儲けさせて下山するとしよう。

「さてね。俺なんかの絵を誰が描いたんだか」

「え？　さっき言ったじゃん」

「リスナーは聞いてないだろ」

「あ、そうだね〜。描いたのは――」

「まぁまて。せっかくだしクイズにするか」

コメント：兄者が仕切り出した！

コメント：これ誰のチャンネル？

コメント：チャンネル名変える時が来たか
コメント：春風兄妹チャンネル【登録】

コメント：クイズって、当たったらなんかあるんか？
コメント：ファンアートに一票
なんかある、ねぇ。
他人の配信に賞品とか求めるのか。
なんも用意してないし、こういう得しないコメントは無視しよう。
「当たったら？　そうだね〜。当たった人には兄者への挑戦権を与えよ〜」
「与えるな。そして挑戦するな。判断もつかんから無理だ」
「否定が強くない？　え〜、じゃあほら、名前覚えればいいじゃん」
「はぁ……。はい、テキトーに予想してくれ」
コメント：兄者への挑戦権？　地獄への片道切符では？
コメント：あれとやり合うのは相当の手練じゃないと無理
コメント：公開処刑じゃんよ
コメント：公式に一票
コメント：ファンアートに賭ける
コメント：２０００円　通りすがりの神絵師に賭ける
コメント：ガチの賭博ｗ
コメント：５００円　姫が描いた説を推そう
コメント：姫の画力ェ……

油取り神：公式に花〇院《かいん》の魂を賭けよう
コメント：マジモンの公式絵師来た!?

コメント：偽物かと思ったら本物やんけ
「あ、ママだ～」

どれよ。

てかママだじゃねぇ。

その人が言ったのがもう答えじゃん。

「あー、んじゃそろそろ出せ。頃合いだろ」

「兄者がわがまま～。まいいや。みんないくよ～。兄者ど～ん」

ＰＣをカタカタと弄《いじ》り、配信の表示画面に新たに男性のイラストが貼られた。

ちなみに見るのは俺も初である。

黒髪はボサボサで、目付きは鋭い。赤い瞳はクマのせいでより悪役感が出てる。

灰色に黒のラインが入ったＴシャツを来ていて、首からは見た事のある形をしたペンダントしていた。

なんだろ、あれだ。ガノンの額についてるやつに似てるわ。

コメント：かっけぇ！

コメント：これはかなり完成度高いのでは？

コメント：動かんの？

コメント：立ち絵やしな
コメント：この絵、姫とタッチが似てない？
コメント：画家ニキ解説求む
コメント：姫のイラストに寄せたファンアートか同じママ説
「なんつーか、イケメンだな」
「めっちゃ盛ってるよね～」
「それな」
「兄者こんなに優しい目してないし」
「この目が優しげとか正気か？　そして俺そんなに目つき悪い？」
「悪いよ～？　兄者、鏡見たことない？」
「そんな致命的なレベルで悪いのかよ」
コメント：兄者涙拭けよ
コメント：俺たちは気にしないぜ
コメント：これより悪いとか完全に悪魔か魔王な件
コメント：ところでソースはどうなったん？
コメント：姫ママじゃね？
完全に悲しい事実を突きつけられたんだが。
それはそれとして、クイズにしたたし答えはいるか。

「あ、うん。ママだよ〜。ママに頼んだらね〜、描いてくれた〜」

「ん？　今なんて言った？」

「ママに頼ん……あ」

「おい」

コメント：？

コメント：？

コメント：なにごと？

コメント：兄者の様子が……

コメント：なんと、キング兄者になった
コメント：兄者はスライムだった？

コメント：村人で魔王のスライムってこれもうわかんねえな
俺はママさんが勝手に描いたって聞いてたんだが。

今こいつ、頼んだって言ったよな？

それはお前が能動的に俺をこの配信に呼んだってことになるわけで。

「詳しく説明してもらおうか」

「あ〜、は〜い。それじゃあ今日はこの辺にしよっかな〜」

「逃がさねぇぞ愚妹」

「はっはは〜……」

コメント：姫ー！　逃げて！　超逃げて！
コメント：魔王からは逃げられない
コメント：しかしまわりこまれた
コメント：愚妹てｗ
コメント：何気に兄者が姫を呼んだの初では
油取り神：姫、がんば
コメント：１５００円　姫、がんば
コメント：３０００円　身代金
コメント：５００円　身代金
コメント：兄者のＤＶに身代金払うの恒例化しとるｗ

事情聴取の始まりだ。

俺は手の準備運動をしながら愚妹に向かう。

「さて、話してもらおうか」

「……はい」

「お前が依頼した？」

「……しました」

「なぜ？」

「……みんな見たいかな～って」

「それで？」

「……ママに聞いたら、いいよ〜って言うから」

「これお前のチャンネルだよな？」

「……はい」

「俺VTuberでも事務所の人でもないよな？」

「……はい」

コメント：ガチ説教始まった
コメント：姫虐助かる
コメント：姫涙拭けよ
コメント：兄者の前で正座してる姫が見える見える
コメント：立ち絵も相まって怖ぇｗ
コメント：兄者来てから姫の素を見れた希ガス
コメント：姫は常に素なんだよなあ
コメント：初配信十分でキャラ崩壊してたな
コメント：２０００円　身代金
コメント：８００円　姫虐代
どうしてくれようかこのアマ。
折檻は後でやるとして、もう動画閉めてしまおう。

「ほれ、さっさと配信終わるぞ」
「待って待って、スパチャ読まないと」
「何それ？」
「せっかくスパチャしてくれたから～、最後に名前とか読むんだよ」
「ほーん。ほれ、はよやれ」
コメント：過去一終わって欲しくない配信来た
コメント：これが終わったら姫が……
コメント：２００円　これを投げれば延命できると聞いて
コメント：スパチャ投げろー
コメント：ガチの身代金感出てきてるの草
続々とコメ欄にスパチャが投げられる。
すごい絵面だ。ここは正月の神社か？
「おいモラル。安心しろ、命までは取らん」
「みんな～！　助けて～！　兄者に殺される～！」
「いや～！」
コメント：１２００円　姫逃げてー
コメント：セリフが魔王
コメント：スパチャが途切れたら最後

早く終わらせまいと永遠にスパチャが飛び交いそうだ。

そろそろ本当に終わりにしようか。

「これ以降のスパチャは読まんぞ。ほれ、さっさと読み上げて終わらせろ」

「みんなもっと見たいんじゃないかな〜？」

「…………」

「焼きもやしさん、虹オタクさん、じいやさん――」

コメント：こんな悲しいスパチャ読み初めて見た
コメント：声震えてるやん
コメント：天国へのカウントダウン
コメント：地獄では？

コメント：おいその先は地獄だぞ
コメント：愉悦
泣く泣くスパチャを読み上げる愚妹。

俺はデコピンの準備を終え、配信の終了を待った。

過去一哀愁に満ちた「ばいば〜い」の後、ボコボコにした。

ゲームで。デコピンもしたけど。

散々だ。

出る気もない配信に強引に出され、印象操作され、VTuberの世界に片足どころか下半身く

上位チャット
こんな悲しいスパチャ読み初め
声震えてるやん
天国へのカウントダウン
地獄では？
おいその先は地獄だぞ
愉悦
¥1,500
応援代

らいまで突っ込んでしまった。

立ち絵を用意された段階でだいぶ外堀埋められた気がする。

どうにかして俺の日常に戻らんとな……。

後日、妹のスマホに連絡が来た。

相手はママさん。

俺に見せて欲しいとのことでメッセを見る。

『2Dで動きたいって？』

スマホを投げた。

妹のを。

#コラボなんて聞いてない

「眠みぃ……」

ココ最近寝不足である。

それもこれも愚妹のせいだ。

ただでさえまともに社会人してるのに、帰ったら「兄者！　ゲームしよ～」だと。

バカか。バカだったわ。

初配信（兄者乱入事件）からすでに半月が過ぎ、俺の参加した配信はついに五回目に達した。

ちなみに、俺の立ち絵を描きやがったP・S公式絵師、油取り神さんには一度事務所に足を運んで会っている。

率直に言って、あの人はやべーやつだ。

スペックと引き換えに常識とか色々錬成陣にぶち込んでる。

面白がってノーギャラで企業ライバーの立ち絵を描くなよ。俺ライバーじゃないけども。

余談だが、愚妹の姫という呼び名はこの人が発祥。

曰く、「フリーダム過ぎるおてんば姫」

毎度の如く、俺は妹の部屋に呼ばれている。

お前思春期じゃないの？　いいの？

リアル兄は本来妹とそんなに仲良くないよ。

まぁ不仲でもないけど、普通って感じか。

「ほら、兄者～。始まるよ～」

「ざけんな。俺はやらんぞ」

「だめ！　ほら、タイトル決まってるんだからやるの～！」

「タイトル？」

【二人は無敵】兄者をボッコボコにする！　リベンジゲーム配信【P・S／春風桜】

「なんなんだ今のは？」

「今日の配信だよ～」

「これ出るメリットないじゃん」

「そう言うと思ってたよ～。だからね、負けた方には罰ゲームを用意しました～」

「ほう？」

「アタシが勝ったら、兄者に何でも言う事聞いてもらいます！」

「帰る」

「待って待って！　兄者が勝ったらもあるから～」

「言ってみ」

「兄者が勝ったら、勝ったら……ホラゲ、配信、します……」

こいつホラー系苦手だよな。

中二でお化け屋敷逆走したやつだし。あれは笑った。

泣きじゃくりながら入口から出てきたのは傑作だ。

両親は頭を抱えていたが、俺は腹を抱えて笑ってたわ。

閑話休題。

そこまで苦手な罰ゲームを用意してるってことは、まぁ本気で勝つ気なんだろう。

もしくは付き人（リスナー）から突きつけられた死刑宣告か。

「言ったぞ？」

「ふっふ～、じゃあやるんだよね～？」

「いいぞ」

「いえ～い！　みんな聞いたよね～！　やるぞ～！」

「みんな？　おいお前、これ配信始まってたのかよ」

コメント：いえーい！

コメント：姫が兄者を乗せた
コメント：これは期待
コメント：姫虐の？

コメント：ついに兄者の敗北が見れるのか
コメント：５６００円　これでホラゲ買ってもろて
コメント：全く信じてねえｗ
最悪だ。

つかリアルな会話流してええんかい。

この業界なんでもありだな。

乗せられたのは癪《しゃく》だし一生の不覚だが、まぁいい。

勝てばよかろうなのだ。

愚妹ーノック、そんな装備で大丈夫か？

「は～い、春風桜だよ～。もう言っちゃったけど、今日は兄者をボッコボコにしていくよ～」

「いつになく自信ありげだな」

「当たり前だよ！　リアルオタクゲーマー引きこもりぼっちを倒すために、アタシは秘策を用意してるんだよ〜！」
「俺は引きこもってないんだが」
「じゃあリアルオタクゲーマーぼっち兄者〜」
「お前この煽り覚えとけよ」
コメント：兄者涙拭けよ
コメント：兄者は俺たちだったか
コメント：つまり姫は俺たちの妹ってこと？
コメント：閃いた
コメント：通報した
コメント：兄者よせめて否定してよ
コメント：オタクでゲーマーなの認めちゃった兄者
まぁアニメは好きだし、ゲームも結構やるから否定できないんだよな。否定する以前にこいつと論争するのがもう面倒だからしないんだけど。
「で？　秘策ってなに」
「聞きたい〜？　じゃあ教えてくださいってお願いして〜」
「デコピンって両手で撃つと威力が上がるんだぜ」
「は〜い、アタシの秘策はこれだ〜！」
コメント：脅迫w

コメント：さすがです兄者
コメント：開始五分でＤＶは過去最速
コメント：恐ろしく速いＤＶ俺でなきゃ見逃しちゃうね
「八重咲紅葉《やえさきもみじ》ちゃんだ〜！」
「どうもー！　Ｐ・Ｓ二期生、八重咲紅葉《やえざきもみじ》でーす！　よろしくねー！」
「だれだ。つか何が起きた」
「兄者分かんない？　コラボだよコラボ〜」
「聞いてないんだけど？　タイトルにもなかったし」
「サムネにあるから大丈夫！　多分！　……あとで一応念の為タイトル変えておくから」
コメント：姫ェ
コメント：さすがは姫
コメント：コラボｷﾀ――――(∩´∀`)∩――――!!!!
コメント：兄者の初コラボだな
コメント：２０００円　祝兄者初コラボ
盛り上がるな。
俺は今すぐ逃げたいし胃が痛い。
こんな愚妹とコラボとか、先方さん正気か？
配信画面に映し出された少女。

黄色い瞳に、オレンジ色の髪をショートポニーでまとめた制服ＪＫ。

髪飾りは紅葉の形をしているのがポイントだろうか。

後で知ったことだが、設定的には春風桜と八重咲紅葉は同い年らしい。リアルは知らん。

「はじめまして、兄者さん！　桜ちゃんの同期、八重咲紅葉です！　今日はよろしくお願いします！」

「めっちゃ礼儀正しいじゃん。あ、兄者ですよろしく」

「兄者キョドってる〜。コミュ障だ〜」

「お前と同レベルのやべーやつが来るかと身構えてたんだよ。すいませんね、えっと、八重咲さん」

「紅葉でいいですよ！　わたし、兄者さんより年下ですし」

「いや流石に初対面。つか対面もしてない」

「年下ですから、さん付けはいらないですよ」

「じゃあ間とって、八重咲で」

「はい！　改めてよろしくお願いします、兄者さん！」

「めっちゃええ子じゃん。お前爪の垢《あか》煎じて飲ませて貰え。ジョッキで」

「兄者が何言ってるか分かんないけど、紅葉ちゃんいえ〜い！」

「いえーい！」

「なんかもうウチの愚妹がすみません」

コメント：兄者が親してる
コメント：紅葉ちゃんええ子や
コメント：完全に保護者と子供ｗ
コメント：紅葉ちゃんてゲームうまいん？
コメント：普段は歌枠とかが多いけど
コメント：姫よりは確実にうまい
コメント：ゲーム配信もまあましてるぞい
コメント：姫は運に極振りだから
コメント：技術の紅葉と運の桜か
コメント：謎の四天王感
コメント：だが相手は魔王だぞ
コメント：あっ……（察し）

「兄者やろ！　早くやろ！」

「俺は何をするかも聞いてないんだってての」

「今日はですね。パーティー大戦やっていこうと思います！」

パーティーゲームか。

正直、知らん。

俺がするのは一人でやるゲームが殆《ほとん》どだし。

それに構図的には二対一。

確かに秘策といえば秘策だな。

「兄者はこういうゲーム知らないからね～」

「確かに、俺はこういうゲームしたことないな。基本ソロだし」

「だよね～」

「だがな、俺が未プレイだったところで、別にお前が強くなったわけじゃねぇだろうがよ」

「兄者？　アタシ元ネタ知らない」

「一方通行《アクセラ○タ》ですね！」

「伝わるんだ」

「伝わるんだ～」

コメント：珍しい兄妹感
コメント：セリフ被ったな
コメント：紅葉ちゃんはガチのアニオタだもんな
コメント：それま？

コメント：雑談枠の半分をコ○ドギアス談に使うくらいには
コメント：ガチやん
とある魔術○禁書目録、通じるんだ。

アニメ好きでいい子とか、なんで愚妹《こいつ》とコラボしちゃったのよ。

逃げて！　バカが伝染《うつ》る前に逃げて！

「え、なに？　八重咲アニメすきなん？」

「大好きです！　兄者さんもよく見るんですか？」

「まぁそれなりに。その辺、こいつとはそんなに話が合わんくてな」

「桜ちゃん、あんまり見ないですもんね」

「有名どころは知ってるくらいだからな」

「兄者さんは、好きなラスボスキャラって誰ですか？」

「ラスボスか。Ｆ〇ｔｅのギル〇メッシュかなやっぱり」

「あぁ！　いいですね！　なんか兄者さんに似合います！」

「え、俺そんな王様キャラしてる？」

「王様っていうより魔王、って感じですかね」

「喜べ。我《オレ》は雑種ごときに本気は出さん」

「キャーーー！」

「……なにこれ？　二人とも何言ってんの？」

コメント：姫置いてけぼりｗ
コメント：紅葉ちゃんめっちゃテンションたけえ
コメント：ガチやん
コメント：地味に兄者の声真似が上手いの草

コメント：兄者スペック高杉では
コメント：魔王兼英雄王の兄者
コメント：魔王なんか英雄なんだか
コメント：ゲーム・オブ・アニジャ
コメント：兄者の雑談枠はよ

なんかここまでアニメ談義したの久々な気がする。

会社の同期とかにアニメ好きはいなくはないが、テンションぶっちぎって話したことはないな。


「兄者さん！　もっとなんかして下さい！」

「八重咲？　テンションおかしくなってますよ？　あとフリがひどいよ」

「紅葉ちゃん、たまに変なスイッチ入るんだよね～」

「アニメ談義でザ・ビースト入るのかこの子」

「あれ聞きたいです！　ＤＩ○様！」

「俺モノマネ芸人じゃないんだけど」

「やってあげなよ兄者～」

「できるか分からんし。あとお前知らないのに言ってるだろ」

「知ってる知ってる～。あれでしょ、オラオラするやつでしょ～」

「当たらずも遠からずだな」

「わくわく、わくわく」
「ほら、わくわくって言ってるし～」
「言っちゃうのかよ。はぁ……ん、んん。……ほう？　向かってくるのか。逃げずにこのＤＩ○に近付いて来るのか」
「近付かなきゃてめーをぶちのめせないんでな!!」
「紅葉ちゃん～……」
コメント：ガチやん
コメント：紅葉ちゃんが壊れた
コメント：ザ・ビーストｗ
コメント：紅葉チャンネルのリスナーからしたら普通なんだよなあ
コメント：兄者なんでもできるやん
コメント：似てるって感じじゃないけど特徴は掴んでる
コメント：ほならね？
コメント：なんでもはできないよ、できることだけ
コメント：なんでもできる兄者さんだ
コメント：物語シリーズやん
収拾がつかねぇ。
妹はバカだし、コメ欄は騒ぐし、コラボ相手はザ・ビースト。

つか今日俺はなぜ呼ばれた？

コラボ雑談配信だっけ？

どうにか発作をおさえた八重咲を見届け、ようやくゲームにはいる。

ゲームはすごろく。

サイコロを振って先にゴールしたやつが勝ち。

途中のマスではイベントが数多くあり、固定数進めるアイテムだったり、サイコロの出目をプラスマイナスするものがもらえる。

もちろん、数マス進むも戻るもある。

コロコロと賽《さい》を振っては進む。

バカみたいに（バカだけど）運のいい愚妹を、アイテムを使って俺と八重咲が追う流れになった。

「ちなみにアタシか紅葉ちゃんがゴールしたら兄者の負けだからね～」

「はいはい。ほれ、はよ振れ」

「兄者さんって、やっぱり優しいですよね」

「紅葉ちゃん？　本気で言ってる？　兄者はヤバいんだよ、Sなんだよ S」

「お前のせいで俺がＤＶ男みたいな風潮できたんだが」

「でも、兄者さんは配信出るの嫌なんですよね？」

「そらな。俺ライバーじゃないし、ファンとかも嫌だろ」

「それは問題ないと思いますけど。兄者さん、嫌なのに出てるじゃないですか」

「それは、まぁ、色々あってな」

「桜ちゃんに頼まれたからですか？」

「いや、こいつに頼まれても普通に無視するけど」

「おいこら兄者〜！」

「勝手に出演決められて仕方なくだ。流石に嘘でしたはあかんだろ社会的に」

「それでも毎回出てくれるんですね」

「そのせいで毎回折檻タイムがあるけどな。配信後とかにも」

「ね？　兄者はヤバいでしょ、Sでしょ〜？」

コメント：姫が悪いな
コメント：嘘でしたでも俺らは納得するぞ
コメント：でも兄者には出て欲しい感
コメント：兄者真面目や
コメント：それに引き換え姫は……
コメント：学ばないもんな
コメント：姫は学んでないんじゃない反省しないだけだ
コメント：もっとあかん
コメント：２０００円　今日の分の身代金

やっちゃったから出て～、という流れは結構あった。

なぜ俺はこいつの尻拭《しりぬぐ》いをしている。

てか、確かにそうだな。

まずはそこから潰さんとなし崩し的に出させられる。

そこに気付かないとか、疲れてんな俺。

「愚妹よ。次にやったらお前のチャンネル消すからな」

「へっ!? ちょ、兄者？　それはやりすぎだよ～？　付き人のみんなが泣いちゃうよ～」

「えー、今まで応援してくれたファンの皆様、今までありがとうございました」

「待ってて！　謝るから、待って！　ね、ね!?」

「まぁ、次やったらな」

「うん、次やったらね～」

「言っとくけど本気でやるからな」

「あ、これマジなやつだ……」

「仲良いですね」

「八重咲、俺らの声届いてる？」

「あれ？　ミュートしてたっけ？」

コメント：仲良いだろｗ
コメント：コラボで初めて兄妹感出てるなこの兄妹

コメント：ちなあと6で姫がゴールや
コメント：何気に兄者負けリーチ
コメント：これは詰んだか
やば、忘れてたわ。

そういやゲームしてたな。

なんかこう、集中しない感じのゲームは慣れんな。

流石に負けるにしてもこいつにだけはゴールされたくねぇ。

「おやおや～？　兄者～？　次アタシが6出したらゴールだよ～？」

「んじゃホイ」

「あ、バックカード」

「何それ～」

「サイコロ振った分戻るカードですね」

「次のターンでエビ歩きしてろ愚妹」

「ねぇ、これさ、アタシがカード使えば消せるんだよね～？」

「あれ、でも桜ちゃん……」

「お前ぶっちぎりで進みすぎてカードないだろ」

「……クソ兄者ァ～！！！」

コメント：口悪ｗ

コメント：ここで6は中々《なかなか》出せないぜ姫
コメント：さすがは姫
コメント：兄者のプレイングがエグい
コメント：そこにシビれる！　あこがれるゥ！
コメント：これはチャンス
コメント：あ、紅葉ちゃんボーナス付いたわ
コメント：これは兄者の負けか？
ゴールまでのマスは、俺が5で八重咲が3マス。愚妹も二回でまた残り6マスまで戻って来た。
賽の目やべぇなこの愚妹……。
「ちなみに兄者さん！　このゲームに勝ったらなんでも言うこと聞いてくれるんですよね？」
「できる範囲でな」
「じゃあ絶対勝ちます！」
「一応言っとくけど、2出したら8マス戻るだからな」
コメント：兄者はクールに去るぜ
コメント：去るなw
コメント：ゆーて五割やし
コメント：おいそれフラグ

コメント：あ……
コメント：あー
コメント：ほんとに出すとは
コメント：紅葉ちゃん持ってるな
「え、えぇ……」
「はっはー、持ってんな八重咲」
「でも兄者～。ここでゴール出来なかったら兄者負けちゃうよ～？」
「なんでお前6出す前提なの」
「兄者さん。桜ちゃんがゴールしても私の勝ち判定ですよね？」
「それカウントするなら八重咲にも罰ゲームあるからな」
「兄者さん！　負けてください！　絶対に勝たないでください！」
「急に必死だなおい」
「紅葉ちゃんもホラゲ苦手だもんね～」
コメント：紅葉ちゃん必死ｗ
コメント：これ兄者勝ったら二人でホラゲ？
コメント：４６００円　ホラゲ代
コメント：５以上で兄者の勝ち
コメント：３！

コメント：3か～

コメント：これは詰んだ
コメント：いけぇー！　姫ぇー！

コメント：6出せば姫の勝ちじゃー！

コメント：これアイテムあるから勝ち確じゃね？

「ぷっぷ～、兄者3、兄者3～」

「なんで俺こんなに煽られてんの？」

「アタシが6進めば勝ちなの分かってないの～？　兄者～」

「それに桜ちゃんにはアイ――」

「違うな、間違っているぞ」

「へ？」

「ルル○シュ!?」

「ここまでに何回6を出した？　お前にもう6を引き出す運は残っていない」

「兄者、頭おかしくなった？」

「ルル様ー！　いえーい！」

「さぁな。それとも試してみるか。貴様の運を」

「何言ってるかよく分かんないけどバカにされてるのは分かった」

「ならば出してみろ！　さあ、振るがいい！」

コメント：ルル◯シュｗ
コメント：コ◯ドギアスネタかよｗ
コメント：何この再現度ｗ
コメント：あかん紅葉ちゃんが限界だ
コメント：紅葉ちゃんがザ・ビーストしとるｗ
コメント：草
コメント：兄者めっちゃ煽るやん
コメント：え、サイコロ振るん？
コメント：あ……
コメント：４
コメント：死
コメント：なぜサイコロを振ったんだ姫
なんか狙い通り、愚妹は賽を振った。
六分の一とかそう出されてたまるかっての。結局運ゲーだったけど。
８マス戻った八重咲に逆転の術《すべ》はなく、俺が２出してゴールした。
まぁ、そら勝つわな。
「負けた～！　ま、まぁ運だしね～、しょうがないよね～。次、次～」
「最後のは完璧お前のプレミだけどな」

「プレミ～？」

「プレイングミスだよ桜ちゃん。最後、６進むのアイテムカード持ってたよね？」

「……あ」

「ザ・ビースト解けたか。八重咲が正気だったらヤバかったからな。我ながらファインプレーだわ」

「え？　さっきの声真似はそういう……？」

「あとは適当に煽れば愚妹は賽を投げるだろ、ってな」

「あ……」

「く……」

「「クソ兄者ァ～！！！」」

今日も勝ち。

#ホラゲ配信はオフコラボとともに

「はーい、みんなおはるー。P・S二期生、春風桜だよー。そしてー」

「どうも。同期の八重咲紅葉です」

「はぁ……」

「はぁ……」

「今日は予告した通り、ホラゲやっていきまーす」
「はぁ……」
「はぁ……」
コメント：テンションひっくｗ
コメント：五秒に一回ため息つくなｗ
コメント：相当嫌なんだろな
コメント：真昼間からホラゲ配信してる時点でお察し
コメント：いつもとテンション違いすぎて誰だ感
コメント：何をするんだー？　ってタイトルで知ってるけど
「はーい。今日は、『蒼鬼』ってゲームやってくよー。……クリアまで。はぁ……」
「兄者さんが持ってたゲームだね……一応、そんなに怖くないって言ってたし……」
「そーそー。兄者は三時間くらいで終わるって言ってた。……だから四時間くらいかな……」
「……ねぇ、今からでも違うゲームしない？」
「兄者、ルールとか約束事とかに厳しいんだよねー……」
「はぁ……」
「はぁ……」
コメント：逃げ場がねぇｗ
コメント：クリアできるか？

コメント：怖がって最初から動けん説
コメント：ところで兄者はおらんの？
コメント：監視役はどこだ
「あー、兄者はねー。どっか行った。用事あるーとか言って。まー、オフコラボ嫌だってだけだと思うけど」
「わたし、嫌われてる？」
「そんなことないと思うよー。アタシと紅葉ちゃんどっちが大事って聞いたら八重咲って即答すると思う」
「そうなんだ。なんかごめん」
コメント：テンションが低いんじゃ
コメント：お通夜ムード全開
コメント：５００円　香典
コメント：誰の葬式やｗ
コメント：５００円は安すぎｗ
コメント：落とされ続けたカ◯ビィの供養を
コメント：一ヶ月忌
「……やろっか」
「そうだね……」

「「はぁ……」」

時刻は三時。無論、午後である。

昼の十二時から妹と八重咲のオフコラボが始まるので、それより先に家を出た。

ブラブラと時間を潰して、俺は約束の場所へと向かう。

何それかっこいい。どっかの勇者みたい。

まぁ、俺の称号はドSゲーマーDV魔王だけど。

泣ける。

どデカいビルの一角にあるカフェテリア。

社内喫茶とでも言うのだろうか。

そこで待ち合わせになっている。

なんで俺は他社の喫茶店に来たのか。

理由はこの人だ。

「初めまして、というには知りすぎてるんだけどね。こんにちは、兄者くん」

「初めまして、社長さん」

P・S事務所社長。

高身長にラフな格好。長い髪は後ろで一本にまとめられているまさに美人。

敏腕の変人女社長様だ。

「いいよ、堅っ苦しいのは嫌いだから。私のことはボスと呼んでくれ」

「自分は御社の社員ではないんですが」

「堅っ苦しいなぁ。まいいよ。話は簡潔だから。——私の下で働いてみないか？」

「丁重にお断りします」

まぁ、そういうことだ。

愚妹の配信に乱入してからはや一ヶ月。

ついに本元の大元からお声がかかったのだ。

「そっかー残念」

「そこをなんとか、とか言わないんですね」

「そりゃね。無理はできないよ。無理はよくない。やる気がないならやらせないよ」

「なんというか、意外です」

「そうかい？　まーそうかな。私は凡人だけど、君たちみたいな子には変に見えるんだろうね」

あの妹を制御してVTuberとして成立させてる化け物が何を言っているのだろう。

「あなたは十分に天才に見えますよ」

「世辞はいいよ。本当の天才は、どうしようもなくおかしいからね。私は常識人だよ」

「うちの愚妹をVTuberにしたあなたがですか」

「彼女だって天才さ。天才は変人だ。長所より遥かに大きな短所を抱えている。けれどその長所を生かせると、変人は天才と呼ばれるんだよ」

「うちの愚妹が……？　どうですかね」

「君だってそうだ。君は手加減する癖があるようだけど、それは君が君自身の長所を怖がっているから。と私は思うよ」

配信は見たことがあるらしい。

妹とも連絡を取ると言っていた。

彼女は間違いなく敏腕の女社長。人を見る目はあるだろう。

そんな人から褒められるのは、うれしくもある。

でも、こんなお世辞で調子に乗るほどバカじゃない。

「あなたに何が分かるんですか」

「分かるよ。いつも変人と一緒だったからね。私は変人を天才にしてあげたいだけさ。そのために長所を生かせる場所を作ってあげたいだけ。君も気が向いたら声をかけてくれ。いつでもウェルカムだよ」

変人か。

ん、変人？

変人で思い出したわ。失礼だな。

この人、ママにそっくりじゃん。

「あの……」

「おや？　電話が鳴ってるようだけど」

失礼、と席を外してスマホを開く。

「もしも――」

『あぁにぃじゃァァ！！！』

グッバイ、右耳。

マジで鼓膜がお亡くなりになるわ。

間違いなく号泣している愚妹からのコールだった。

「でけぇ声出すな。何、ゴキブリでも出た？」

『ゴキブリよりやだぁ！　鬼怖いぃ！』

「いやそういうゲーム」

『もう無理ぃ！　先行きたくないぃ！　おうちかえるぅ！！！』

「おうちってそこお前の家、お前の部屋、Your room、ＯＫ？」

『のぉおぉ～！！！』

どうやら限界らしい。

既に配信し始めて三時間は経っている。

コメント見て攻略するのもありと言ってある。

それでこの電話。

……まさか、まだスタート地点とか言わねぇよな。

「ちなみにどこまで進んだ？」

『台所ぉ……鬼、出るとこぉ』

「序盤も序盤じゃねぇか」

このゲーム、『蒼鬼』はオーソドックスなホラゲーだ。

鬼から逃げながら館からの脱出を目指す。

鬼からは一定時間館内を走り回ってれば逃げられる。

八重咲もいるから大丈夫だと思ってたが、まさか謎解きが進まない以前の問題だとは……。

「八重咲に代われる？」

『……、……あぁにぃじゃァさぁん！！』

「ダメだこれ」

実は得意、なんてこともなかった。

愚妹と同レベとはさすがに想定外。

これはちょっと申し訳ねぇ。

いや罰ゲーム決めたのはあっちだけども。

放ったらかしはやりすぎたか？

「わかった、そっち行く」

『あぁにぃじゃァさぁん！』

「八重咲、落ち着け。取り敢えず深呼吸しような」

収まる気配なかったので切った。

「すみません、急用ができました」

「ああ、いいよ。わざわざ土曜に呼び出してすまないね」

「いえ。あの、最後にひとついいですか？」

「なんだい？」

「もしもうちの妹がやらかしたら、どうします？」

「基本的には任せるよ。逃げるも抗うも応援する。でも本当に大変なら、守ってあげるさ」

何このイケメン。俺が女だったら惚れてたかもしれん。

こんな人が撮れ高ヨロシク☆とか言ってんの謎。

帰宅してすぐ、妹の部屋へと向かう。

帰りにざっと飲み物と菓子を買ったし、気が紛れてくれるといいんだが。

トントンと二回ノック。

「「きゃあアァ！！！」」

そんなジャストタイミングで悲鳴上がるか。

「大丈夫かー？」

「バカ兄者ア！！！　ビックリするじゃん！」

「だからノックしたんだけど」

「ノックする前に知らせてよ！」

「んな無茶な」

コメント：何のためのノックｗ
コメント：あれ？　ミュートになった？

コメント：音なくね？

コメント：マイク落としたんかな
コメント：ここまで鼓膜破裂ニキ
理不尽極まりない愚妹を無視していると、マイクの前で震えている少女と目が合った。

八重咲、か？

随分と小柄で、見た目だけなら中学生でも通じそうだ。愚妹よりちっちゃいな。もちろん背が。

てかさっきから声も出せないほど怯えてんだけど。

「俺、そんな怖い顔してる？」

「怖いからぁ！　顔も怖いしやってる事も酷いし、これクリアとか無理だからぁ！」

「後半俺関係ねぇ」

「兄者のバカ！　鬼！　蒼鬼！」

「ただの罵倒じゃん」

なんで呼ばれて来たのに罵倒されてんの俺。

てか、なんやかんやでこれオフコラボ成立してないか？

折角トラブル防止でリアルでは会わんようにしたんだが。

怯える八重咲が俺の顔に慣れる（涙）までしばらく待ち。

俺がゲーム操作して二人が観覧する形になった。

ゲームが進まない理由は、鬼が出た段階で二人ともパニクって逃げられずにゲームオーバーになるからだそうで。

出るって分かってんだから慣れろよ。

極度のホラー虚弱体質の二人にはどうしようもない不治の病らしい。

そんなわけで、ゲームはほぼ強制的に進行していく。

これゲームか？

「あ、鬼来た」

「「きぃやぁアアア！！！」」

「耳が……」

「来るなら来るって言ってってって言ったじゃん！！！」

「分かった分かった」

「もうやだ……怖いぃ……」

「八重咲ー、頑張れー、あと少しだ」

「あとどれくらいですか……？」

「あと、二時間くらい」

「兄者バカなん!?　バカ兄者！　アホ！　鬼！」

「鬼畜！　ドＳ！　魔王！」
コメント：紅葉ちゃんにすら罵倒されてんの草
コメント：むしろご褒美
コメント：兄者そこ代われ
コメント：助けに来たのに散々な言われようの兄者
コメント：ほぼ強制的に話進むから逃げられない桜紅葉
コメント：姫虐に次ぐ八重虐……
コメント：２０００円　紅葉ちゃんに罵られると聞いて
コメント：ドＭニキ帰ってどうぞ
俺はＭじゃないんだが。
前にこのゲームはプレイしてるし、流れも凡《およ》そ分かっている。
出るのを予告して鬼が来ても何も面白くないと思うが、まぁいいか。
「鬼来るぞー」
「いぃやぁアアア！！！」
「結局かよ」
「遅いから！！！　心の準備とかできないじゃん！」
「これそういうゲーム……」
「兄者のバカ！　鬼！　蒼鬼！」

「外道！　悪魔！　冷血漢！」
「八重咲、やめてくれ。愚妹の語彙の無さが露見してる。可哀想だ。俺が」
コメント：姫のボキャブラリーの無さｗ
コメント：身内の恥は痛かろう
コメント：紅葉ちゃんホラーよわよわなのすこ
コメント：兄者そろそろ耳やられて聞こえてないのでは
コメント：お前らイヤホン外しとけよ
コメント：手遅れ
コメント：マイク越しではなく間近で聞いてる兄者のメンタルどうなってんの
コメント：真のドＳ
コメント：この状況を楽しめるのはＳなのかＭなのか
コメント：間とって魔王じゃね？
コメント：どうとったｗ
「もうちょい早めに言えばいいんだな」
「兄者さん……できれば止まって欲しいです……」
「わかった。あ、鬼」
「「きゃあァァ！！！」」
「こっちの声にビックリするわ」

「言ってて言ったばっかじゃん！」
「いやこれランダム出現」
「それ見越して言っといてよ！　兄者のバカ！　鬼！　きちく！」
「無理難題……。あとそれさっき覚えたろ」
「イオク・〇ジャン！　伊〇誠！　ガ〇ンドロフ！」
「個性的な悪口だな。いやガノンは悪口じゃねぇだろ」
コメント：罵倒の癖がすごいw
コメント：ガ〇ンドロフは草
コメント：やーいやーいお前の兄ちゃんガ〇ンドロフー
コメント：兄ちゃんガ〇ンドロフはパワーワードすぎ
コメント：ランダム先読みとか無理だろw
コメント：ずっと来るかも状態じゃん
コメント：それはそれで悲鳴あげそう
コメント：どうしろとw
その後も阿鼻叫喚のゲーム配信は続いた。
午後六時、無事（？）配信は終了。
愚妹と八重咲は完全に意気消沈していたため、立ち絵すら貼られていない俺がスパチャを読むことになった。

ファンのみんな、ごめんよ。コメントでもいいよってことだから読ませてもらうわ。
ただ、スパチャ以外にも個性的な名前はあるから、時折気を引かれてしまうこともある。
吹雪菫《ふぶきすみれ》：楽しそうな配信でしたね。私もコラボしたいです。
コメント：本物やんけ
コメント：スミレパイセンじゃん！
なん、だと……!?

#兄者は謝りたい

「コラボするぞ」

「兄者頭ぶつけた？」

至って正気だ。

ことは前回の八重咲とのオフコラボが発端。

ゲームクリアと同時に現実からエスケープした愚妹と八重咲の代わりに、俺はスパチャ読みを開始した。

その最中、吹雪菫《ふぶきすみれ》という名前を発見。

コメ欄が騒いだことで、愚妹のデカすぎる失態と、吹雪菫の正体を知った。

彼女こそ、P・S一期生にしてあの伝説のコラボ配信——後輩初コラボ二十四時間遅刻配信の一番の被害者だ。

そんな彼女が、まさかコラボをしようと言って下さっている。

感謝を伝えるには土下寝でも足りないわこれ。

あれだけ盛大に愚妹がやらかした以上、ここは正式に謝りたい。

とはいえだ。

ライバーでもない俺がすぐにリアルで会うというのはリスクが高い。

先方に迷惑をかけるのは申し訳ない。

だからまずは会って謝りたいという意思表示とファンへの説明が必要だ。

そして大義名分を得たところで、正式に謝罪する。

「ということでコラボするぞ」

「兄者お医者さん行く？　何も説明してないよ？」

「スミレさんからオファーが来たんだよ」

「パイセン？　あ～、そういえば来てた～」

「お前敬意とか敬語とか敬礼とかないの？」

「兄者って頭いいのにたまにバカだよね～」

常にバカのおまいう。

こんなのが妹ってだけでもう泣ける。

「というかどしたの兄者。コラボ嫌なんじゃないの？」

「スミレさんは別だろ。あの人にはどうしても会いたい」

「……へ!?」

「さすがに一回コラボするだけじゃ無理かなー。いや、どうにかなるだろ。するしかない」

「兄者……？　そんなにパイセン好きだったん……？」

「あんな優しい人嫌いな奴おらんだろ」

「…………!?」

二十四時間遅刻ってブチ切れじゃ済まんからな。

相手に鉄拳制裁まである。

それを、丸一日待たせたのに「大事がなくてよかったわ」とか。

菩薩どころか女神やん。

ＬＩＭＥの会話履歴。

？？？『スミレ、頼めるか？』

スミレ『いいけど、なんだか悪い気がするなぁ』

？？？『桜はノリ気でいるって言ってたから大丈夫だ。とにかく兄者を誘ってくれ』

スミレ『分かった。私も兄者くんがゲームしてるの見たいし』

？？？『だろ？　だから、夜桜ゲームズに出て欲しいんだよ』

スミレ『兄者くんって、やっぱり色んな人とゲームしたいのかな？』

？？？『ゲーマーはそういうもんだ』

スミレ『私はゲーム上手くないから嫌われないといいなぁ』
？？？『逆にガチ恋勢だったりしてな』
スミレ『まさか～』
「みなさん、こんばんは。P・S一期生、吹雪菫《ふぶきすみれ》です。そして」
「は～い、みんなおはる～。P・S二期生の春風桜だよ～」
「いらっしゃい、春ちゃん」
「おはる～です、パイセン！」
コメント：おはる～
コメント：パイセン呼びなおせｗ
コメント：姫がですます使えるだけでも感動
コメント：悪いがここから敬語はないぞ
コメント：姫ェ
コメント：パイセンはそれでいいのか
コメント：パイセンは心が宇宙だから
コメント：広すぎｗ
本日のコラボ相手はかの女神、吹雪菫。
女神だが、雪女だ。
白銀のロングヘア。白地に青のラインが入った浴衣。

お淑《しと》やかな喋りと声に、清楚な出で立ち。

あと大きい。何がとは言わないが。

これ以上はセクハラだぞ。

「はい。今日は、春ちゃん以外にもう一人来てます。ね？」

「は〜い、来てるよ〜。兄者ど〜ん」

「どうもみなさん。非公式非公認非アカウントVtuberもどきの兄者です」

「……え？」

「よろしくお願いしますね、兄者さん？　くん？」

「こちらこそ呼んで頂きありがとうございます。よろしくお願いします、吹雪菫さん。呼びやすい方で構いませんよ」

「……は？」

コメント：だwれwだw
コメント：棒読みじゃない、だと……!?

コメント：めっちゃ礼儀正しいんだが
コメント：非公式非公認Vtuberもどきってなんぞw
コメント：兄者、なのか？

コメント：いつもと違いすぎて草
コメント：余所《よそ》行き兄者

ここは吹雪菫チャンネル。

今までとは違いお邪魔する側だ。

ファンの偏りも違うし、失礼があってはいけない。

「いつもとは挨拶、挨拶が違うんですね」

「決まった挨拶、というのがありませんからね。大体は愚妹が適当な紹介をして登場になりますので」

「え、兄者……？　ホントに兄者？」

「愚妹といえば、その節は身内が大変ご迷惑をおかけしました。申し訳ないです」

「迷惑？　あぁ、気にしてないですよ。春ちゃんが電話に出なかった時は何かあったんじゃないかって心配でしたけどね」

「本当にすみません。今度改めて謝りに行ければと思いますので」

「全然気にしなくていいですよ」

「……え、何これ？」

コメント：社交場ｗ

コメント：大人二人の会話に姫付いて行けず

コメント：P・Sの清楚と野生の魔王の会話

コメント：野生の魔王とかいうパワーワード草

コメント：スミレパイセンは清楚の権化だからな

コメント：兄者もドSの権化だぞ
コメント：現時点でドS感は皆無
コメント：登場してからずっと姫を無視し続ける姫虐
コメント：高等すぎｗ
「兄者くんの出てる配信見てますよ。ゲームが得意なんですよね」

「ええ、普段からよくやっていますから。吹雪さんはゲームはしますか？」

「……」

「あんまりしないんですよ。だからそんなに上手くないんです」

「なるほど。今日は自分もあんまりやらないゲームで遊ぼうと思うので、お互い初心者ですね」

「…………」

「パーティー対戦、であってます？」

「はい。前に愚妹ともやりましたが、今日はトランプ系をメインにしたいと思います」

「……………」

「トランプかぁ……。神経衰弱くらいしかしたことないです」

「ルールはその都度確認できるので、ゆっくりやっていきましょう」

「そうですね。負けませんよ！」

「望むところです」

「…………いい加減にしろ～！」

ドンッ！

コメント：台パンｗ
コメント：姫爆発
コメント：貴族の中に交ぜられた一般人感
コメント：一般人は兄者なんだが
コメント：今日ずっとこのテンションかと思ったわｗ
コメント：兄者の仕切りが滑らかすぎて怖い
コメント：兄者は基本スペック高いからなー

ビックリするわ。

リアルで台パンみるの初めてだ。

「なに、蚊でも飛んでた？」

「飛んでんの兄者の頭～！　どうしたの？病気なの？」

「普通に礼儀を尽くしてるだけなんだが」

「紅葉ちゃんには普通にしてたじゃん」

「あれはあっちが望んだことだしな」

「兄者くん兄者くん。私にも気軽に接してくれていいよ？」

「そうですか。吹雪菫さんがそういうなら、まぁ」

「呼び方もフルネームだと長いし、スミレでいいよ」
「分かりました、スミレさん」
「…………え⁉」
コメント：？
コメント：⁉
コメント：姫どした
コメント：驚きング？
コメント：天変地異でも起こったようなリアクション
コメント：兄者がファーストネームで呼ぶのそんな珍しいか
八重咲紅葉：わたしのことは名前で呼んでくれなかったのに（๑•-•๑）
コメント：紅葉ちゃんｗ
コメント：ヤキモチ？
コメント：兄者と紅葉ちゃんって仲良かったっけ？
コメント：紅葉ちゃんのザ・ビーストについていけるのは兄者くらいだぞ
コメント：前の配信でコラボの約束しとったしな
コメント：泣く紅葉ちゃんを慰めるために言ってたな凸枠に出るとか
コメント：コラボじゃなくて普通に凸るだけじゃね？
コメント：どっちにしろ仲は良さげ

なんか見知った名前が見えた気が……。

八重咲とスミレさんでは立場が違うんだよ。

対等ならともかく、謝罪する側の俺がスミレさんの要望を無下にできるわけがない。

「ほら〜紅葉ちゃんも言ってる〜。兄者今日おかしいよ？」

「俺は至って正気だ。スミレさんが特別なだけだっての」

「んん!?」

コメント：!?

コメント：パイセンが動揺しとる
コメント：これ一種の告白では……

コメント：兄者スミレパイセンの大ファン説浮上
「……兄者、ちょっといい？」

「なに」

「兄者さ、スミレパイセンのことどう思ってんの？」

「どうってな……」

それを本人の前で言えと？

罰ゲームかよ。

しかし、変に誤魔化すのも印象が悪い。

控えめに、前向きに、真実を述べるべきだな。

「控えめに言って女神だろ」

「…………!?」

「え、えぇ!?」

コメント：なにいいいいいい!?

コメント：告った

コメント：兄者がパイセン大好きなの発覚

コメント：これは荒れるぞ

コメント：嵐が来る

コメント：荒らしがくる

コメント：ついに兄者炎上か?

「兄者、VTuber そんな知らないんじゃなかったっけ。パイセンの評価高くない～?」

「いやこれに関しては VTuber 以前に人としての評価だし」

「え、えぇ? え、えっと、え、えぇ!?」

「兄者、そんなにパイセンのこと……」

「つか本人の前でこういう話させんなよ。すみませんね、スミレさん」

「──…………っ!?」

嫌な思いさせたことを掘り返すな。

直に会って謝るってのが難しくなるだろ。キレられたらどうすんだよ。

コメント：兄者ァ！！！
コメント：ようこそこちらの世界へ
コメント：兄者は初めからこっち寄りだぞ
コメント：パイセンが息してないw
コメント：照れすぎて悶《もだ》えてんな
コメント：パイセン基本ウブだからなー
コメント：人の恋バナで照れるもんな
「ゲ、ゲーム！ゲームをしましょう！　兄者くん！」
「え？　あ、はい、そうですね」
「……兄者が……ガチ恋……？　あれか、やっぱおっぱいか……」
「ブツブツ言ってないでやるぞ愚妹」
コメント：最初はなんだー？
コメント：まて兄者とパイセンの関係についてくわしく
コメント：七並べね
コメント：初心者にも優しいな
コメント：お前それ本気で言ってんのか
コメント：パスは五回までそれ以上は負けだぞ
コメント：これはコラボ早々に軋轢《あつれき》を産むのでは……？

七並べ。

いかに相手の手札を減らさせないかのゲーム。

その気になればパスが尽きるまで待って死んでもらうこともできる。

さすがに俺もそこまで鬼じゃないが。

ゲームが始まり、手札には8と6が三枚とまあまあな滑り出しだ。

相手が愚妹と初心者のスミレさんなら本気で向かうこともあるまい。

「そういえば、スミレさんは雪女なんですよね？」

「え、ああ。はい、そうですよ」

「雪女なのに、菫なんですか？　春の花ですよね菫って」

「ダメですか？」

「いや、気になっただけですけど」

「綺麗じゃないですか、菫」

「そうですね。綺麗な花でスミレさんにピッタリですね」

「……!?　あ、ありがとう……あぅ……」

「兄者？　ツッコミじゃないのそこ」

コメント：もう兄者がガチ恋勢にしか見えん

コメント：姫がツッコむ始末

コメント：照れてるパイセン可愛ええ

コメント：初コラボからぐいぐい押してくな
コメント：そら推してるからな
コメント：うまくねえよ
コメント：そろそろ終盤かな
コメント：だいぶ盤面埋まってきた
コメント：はやくハートの8を出してやれよｗ
コメント：調子良かった姫が既に四回目のパスを施行
コメント：これは止めてるの兄者ですね

「あ、兄者くんは、大勢でゲーム配信とかしないの？」

「俺はVTuberじゃないんで」

「兄者ァ！　はやく8を出せ～！！！」

「そうなんだ。あ、そうだ！　兄者くんにゲームで勝ったら何でも言う事聞いてくれるんだよね？」

「できる範囲でなら何でもしますよ」

「2とか要らないィ～！！！」

「私が勝ったら、出て欲しい番組があるんだけど、出てくれる？」

まさかあちらの方から呼んで下さるとは。

是非もなし。

「よろこんで。むしろ負けても出たいですよ」
「本当⁉　事務所のスタジオに来ないといけないけど、大丈夫？」
「大丈夫だ、問題ない」
「いやァ～！！！」
コメント：これはコラボの誘いか⁉
コメント：パイセン満更じゃないのか
コメント：兄者がいつもと違いすぎてなんかな
コメント：そら推しの前でいつも通りって方が無理
コメント：兄者ってパイセン推しなん？
コメント：男は誰でも好きなんだゾ
コメント：お前どこ見て話してんだ
八重咲紅葉：兄者さんってそういう人だったんですねへーそうですかへー
コメント：紅葉ちゃんが荒ぶっとるw
コメント：コラボの時の扱い違いすぎるもんな
コメント：兄者って炎上してないの？
コメント：兄者の身バレ防止力がハンパないだけかと
コメント：誰か姫にリアクションしてやれよw
コメント：ラストパスやで

「じゃあ、私が勝ったら番組出演ね」
「いかんな。勝つ理由がない」
「そんなに出たいんだ」
「そりゃまぁ、直接会いたいですし」
「やっぱり直接会う方がいいの？」
「それが礼儀というか、その方がお互いのためだと思いますよ」
コメント：兄者がパイセンと会うのか
コメント：うーむ兄スミかぁ
コメント：てぇてぇ
コメント：カップル成立あるか?
コメント：ドSな兄者がウブなパイセンを攻める
コメント：あり
コメント：あり
コメント：どうしよう見たい
八重咲紅葉：なし
コメント：八w重w咲w
コメント：紅葉ちゃんずっと見てるやん
これ負ければ目標達成じゃん。

だが、なんか手を抜いて負けたと思われるのは印象的に悪いか？

ここは勝ってしまってもいい方向に持ち込みたいな。

「兄者……もうパスないから……ね？　ハートの８出そ？」

「あ、でも私が負けたら罰ゲーム？」

「スミレさんが負けたら今度はウチのチャンネルでオフコラボしてもらいますよ」

「あ、それもいいかもね。直接会えるし」

「ですね。なんだかこっちが呼ぶみたいで気が引けますけど」

「細かいことを気にする人じゃないから大丈夫だよ」

「よかったです」

完璧だ。

勝っても負けてもスミレさんに会う機会が作れる。

あとは土下座でも土下寝でもしてからしっかり謝ろう。

謝罪大事。

「あれ、兄者くんパスもう無い？　私勝てそう？」

「そうですね。油断してました」

「兄者！　はやく８を！」

「あ、悪い。色と形似てたから間違えたわー」

「間違いは仕方ないね」

「……クソ兄者ァ～！！！」

コメント：ダイヤの９ｗ

コメント：これはわざとｗｗｗ

コメント：草

コメント：煽りスキル高杉

コメント：ゲーマーにとっては基本スキルなんだよな

コメント：兄者のパッシブスキル何よ

コメント：声真似

コメント：姫虐

コメント：八重虐

コメント：司会進行

コメント：ここまでゲーマー関係ねぇｗ

結果、最後までパスを残しきったスミレさんの勝ち。

俺は愚妹を潰すためだけにパスを使い切ったからな。そら負ける。

その後も何種類かトランプゲームをプレイした。

神経衰弱のスミレさんは鬼神かってくらい強かった。

まぁ勝ったけど。

一時間遊んで配信は終了。

ほとんどのゲームで俺が勝ったが、罰ゲームをかけたのは最初の七並べだったし、勝ったのはスミレさんだ。

つまり、俺はP・Sの番組に出る。

思うところがないでもないが、俺はスミレさんと会う大義名分を得たのだ。

この勝負、我の勝利だ。

「兄者、今日ずっとおかしかったね～。兄者キモ」

「ナチュラルにキモはやめろよ」

「いやほんとにキモかったよ～？　パイセンに嫌われないといいね～」

「あんな聖母みたいな人に嫌われるとかそう無いだろ」

「いや～、兄者が好かれるポイントが無いわ～」

「お前俺にどんなイメージ持ってんだよ」

「みんな思ってるのと同じだと思うけど～」

俺は世間一般的に嫌われやすいの？

何それ泣ける。

さすがにスミレさんは違うよな？

あの人から、話しかけないでくださいあなたの事が嫌いです、とか言われたら立ち直れない。

ゲーマーでアニオタの陰キャだけど、スミレさんならきっと大丈夫なはず。

この後めちゃくちゃエゴサした。

#兄者戦記

「夜桜ゲームズ！！！」
「いえ～い！！！」
「よくぞ来たなお前ら！　現代に蘇《よみがえ》りし魔王にしてP・S一期生、サイサリス・夜斗《やと》・グランツだ！　そして」
「みんな～、おはる～。P・S二期生の春風桜だよ～」
コメント：今週もこの時間がやって参りました
コメント：毎週配信じゃないけども
コメント：定期配信定期
コメント：夜斗よく魔王名乗れるな
コメント：既に魔王枠は取られてんだよな……
コメント：P・S唯一の男Vなのに箱内でキャラ被りしてるの草
コメント：兄者は箱内にカウントしていいのか
うん、俺箱に入ってないね。箱外だね。
あとVでもない。
「既に告知しているが、今回は夜桜ゲームズにもう一人、ゲストを召喚したぞ」

「は〜い、兄者ど〜ん」

「……桜、オレの見せ場……」

「はい、どうもー、兄者です」

コメント：兄者ｷﾀ━━━━(∩´∀｀)∩━━━━!!!!

コメント：もう一人の魔王
コメント：アナザーサタン
コメント：これは魔王VS魔王VSダークライ
コメント：ダークライ過労死w
というわけで、俺はこの『夜桜ゲームズ』なる番組に呼ばれた。

定期配信らしく、パーソナリティはP・Sのバカ担当の愚妹とP・Sのゲーム担当のサイサリス・夜斗・なんとかだ。

名前なげえよ。

夜斗は銀髪に赤い瞳。設定では成人男性になっているが、魔王なので精神年齢は二百歳(笑)なんだそれ。

黒地に赤い模様の入ったコートを羽織った、転生したら人間だった異世界魔王さんらしい。

んで、俺が呼ばれた理由はというと……。

「最近、オレを差し置いて魔王を名乗るこの兄者を呼んだのは他でもない。どちらが真の魔王か、教えてやる必要がある！」

「俺は名乗ってないんだが」
「兄者〜、付き合ってあげて〜。夜斗くん今必死だから」
「俺のせいじゃないよな？」
「兄者が最近、ゲーム上手すぎて魔王とかド畜生とかクソドS虐待男とか呼ばれてるから〜」
「後半ほぼ悪口じゃん。あと初耳なの多いけど」
「もとから魔王って言ってた夜斗くんがキャラ被ってるとかで弄られてるんだよね〜」
「俺悪くないじゃん」
「待てお前ら！　メタいから！　メタい話をやめろ！」
コメント：夜斗はなぁゲーム上手いんだけどなぁ
コメント：運が絶望的に無さすぎる
コメント：連勝企画でラスト一勝の時にランカーに当たるもんな
コメント：スナイプでもないのにな
コメント：劣化兄者ｗ
コメント：ゲーム配信？　それ兄者でよくね？
コメント：夜斗いじりが流行ったの兄者出てからか
「まぁ、まぁつまりそういうことだ。これ以上兄者＝魔王のイメージが広がるとオレの立場が無くなる」
「お前も相当メタいこと言ってるけどな」

「だからこそ！　ここで兄者を倒して真の魔王を決めようというわけだ」

「どうでもいいけど、一つ聞いていいか？」

「なんだ？」

「スミレさんは？」

「来ないよ～」

「ははっ、だよな。うん知ってた」

今回、俺はP・Sのスタジオまで足を運んでいる。

当然スミレさんの番組だと思ってたし、正式に謝るためにスーツを装備してきた。

で、来たらこれだ。

俺とタメらしい男性Vとスタッフさん達、あと愚妹。

そこにスミレさんらしき人の姿はなく、結果会えず仕舞いである。

どうして？　どうしてこうなった？（幼女並感）

「スミレにオレが頼んだんだよ。兄者を上手く嵌《は》めてこの番組に呼べないかってな」

「最近やたら愚妹がゲーム仕掛けてきたのってまさかそのせいか？」

「ああ。……桜が勝てないから絶対に来ないと分かった」

「それであの手この手を……なんと手間のかかることを」

「そうでもしないとお前は来ないだろ？」

「まぁ、そうだな」

コメント：策士夜斗
コメント：これは兄者一本取られたな
八重咲紅葉：一体いつからスミレ先輩が来ると錯覚していた？
コメント：紅葉ちゃんｗ
コメント：毎回おるなこの子
コメント：兄者のこと好きすぎでは？
コメント：オタ友に飢えてるんだろうな……
約束したのは俺だし、スミレさんは一度も自分の番組とか言ってないもんな。
仕方ないよな。
はぁ……。
「まぁいいや、もうなんでも。んで、イリヤ○フィール・フォン・アインツベルン？　今日は何すんの？」
「サイサリス・夜斗・グランツだ！　全然合ってねぇだろ！」
「今日はね～、マ○オカートで兄者をボコってくよ～」
「ボコられてんのいつもお前なんだが」
「おら行くぞクソ兄者ァ！！！」
コメント：兄者はやくも夜斗いじりｗ
コメント：夜斗の敵対心ぱねぇ

コメント：キャラ被ってるからな
コメント：これ兄者負けたら魔王引退？
コメント：魔王引退とかいうパワーワード
コメント：もしくはVTuber引退か
コメント：デビューしてないのに引退させられるの草

つーわけで、マ○カだ。

多分日本で一番売れてるレースゲーム。

レース中にボックスから出るアイテムで逆転も狙えるからな。順位が下になるほど強力なアイテムが出やすくなる仕様だ。

「ちなみに～、今日はステージごとに罰ゲームするよ～」

「マジかよ」

「最下位はマシュマロで集めた恥ずかしセリフを全力で言ってもらう。気持ちが入ってなかったらやり直しだからな」

「それ、お前らはいいけど、俺内容知らないじゃん」

「安心しろ。マシュマロの選定はスタッフに頼んでランダムにしてもらう」

なるほど。

醜態を晒《さら》して威厳を、みたいな話か。

すげぇやりたくない。

絶対勝とう。

コメント：兄者の演技力に期待
コメント：まず兄者を下位にできるか？

コメント：夜斗なら勝てるけど姫はなぁ
コメント：ひたすら兄者を妨害してアイテムで逆転狙えばワンチャン
コメント：２０００円　身代金
コメント：姫負け予言してるやつおるの草
なんやかんやで、レーススタート。

俺がキングテ〇サ。

愚妹はノ〇ノコ。

夜斗がク〇パだ。

まずは様子見と思っていたが、夜斗はずっと俺の後ろに付いて来る。

「お前は俺が倒す！」

「それ後ろで言うセリフなのか」

「お前を最下位にしないといけないからな。全力で潰すぜ！」

「負ける気はないぞ、アイリ〇フィール・フォン・アインツベルン」

「誰だよ！」

「イ〇ヤのお母さんだ」

「知らねぇよ！！！」
「二人ともはやい～！」
コメント：兄者一位でその後ろに夜斗か
コメント：甲羅待ちかな夜斗
コメント：兄者はアイテムしょぼそう
コメント：お前ら夜斗の運の無さを甘く見るなよ
コメント：このゲームでは致命的じゃんｗ
コメント：八位の姫登って来れるか……？
「お前しつこいな。てか甲羅投げろよ」
「うるせぇ！　バナナしか出ねぇんだよ！」
「やっと見えた～」
「後ろで二連でキラー使ってるバケモンいるな」
「桜の運はどうなってんだ……？」
「まぁでも、もう間に合わんな」
コメント：ゴールｗ
コメント：順位変わらずか
コメント：本日一回目の罰ゲームは姫
コメント：セリフどんなんだろ

「は～い、じゃあ引くよ～。……やだ」

「は？」

「おい」

「これやだ～！　やりたくない～！」

「ルールはルールだろ」

「桜、ドンマイ」

「いやだ～！！！」

コメント：姫虐助かる
コメント：はやくも姫の泣き声聞けた
コメント：姫の一番いい声は絶叫
コメント：セリフ表示はよ
コメント：どんなん来たんだよｗ
「……ほんとにやるの？」

「やるって言ったのお前だろ」

「兄者……本っ当に、後悔しない？」

「意味がわからん。はよやれ」

「…………すぅ――『大好きだよ、お兄ちゃん』」

「きっつ」

「うやぁぁぁぁぁぁぁ！！！」

コメント：尊死
コメント：草
コメント：かわいい
コメント：鼓膜無いなった
コメント：兄者辛辣ｗ
コメント：きっつってｗ
コメント：かわいいだろ
コメント：これがリアル兄者か

何これきっつ。

吐きそう。

お兄ちゃん呼びが許されるのは小学生までだよねー。

あと二次元。

「だからやだって言ったじゃん！　言ったのに～！」

「これ誰の罰ゲーム？　俺がしんどいんだけど」

「間接的に兄者にダメージが？　桜ナイス！」

「アタシの方がキツいから！　もうやだ～！　次二人だけでやってよ～！」

「どさくさに紛れて逃亡したぞこいつ」

「このまま続けたら罰ゲーム桜だけになるかもしれないし、どうだ兄者。ここはタイマンといかないか？」

「まぁ、いいが」

確かに相当アイテム運が上振れないと愚妹が罰ゲーム回避できないからな。

こういう系が続いたら流石に可哀想だ。

俺が。

「んじゃ、タイマン行くぜ！」

「……！　やっぱ上手いな」

「当たり前だ！　どっちが魔王か教えてやるぜ！」

コメント：人に転生した魔王VS人のままの魔王

コメント：頂上決戦キター！

コメント：夜斗がリードしてるな

コメント：純粋なプレイセンスは五分五分かな？

コメント：それはつまり運の勝負になるのでは……

流石にゲーム担当というだけあって、上手い。

さっきはそれなりに手加減していた印象だな。

「おらおらどうした？　実は兄者緊張してる？　それとも実力でそれかー？」

「めっちゃ煽るじゃん」

「いやー期待外れだわこれー。もっと本気でやって欲しいなー」

「え、なに？　ベジット？」

「へ？」

「ん？」

コメント：通じ合ってないｗ

コメント：夜斗はアニメよりゲームだもんな

コメント：アニメもゲームも強い兄者まじ魔王

コメント：誰か八重咲呼んでこい

八重咲紅葉：ドラゴ○ボールだよ！

コメント：本人ｗ

コメント：ずっといるの草

いい勝負だな。

最近こういうことなかったから新鮮だ。

ほとんど愚妹相手にゲームしてから、一方的な暴力だったもんなぁ。

久しぶりに楽しいゲームだわ。

「うっしゃァ！　ゴール！」

「おめでとさん」

「おやおや？　兄者さん兄者さん。どうしたんですか？」

「なにが」

「こんな余裕で勝っちゃって良かったんですかねー。まぁ、魔王に相応《ふさわ》しいのはオレだったってことかー」

「そーですね」

「やっぱオレの方が強かったってわけだ」

「そーですね」

「いやー、余裕だったもんなー」

「そーですね」

「いえ～い、兄者の負け～！　罰ゲーム！　罰ゲーム！」

「そー……じゃん。やべ、忘れてた」

コメント：兄者が負けた!?

コメント：初めての敗北
コメント：敗北を知りたい
コメント：もう負けてんだよなぁ
コメント：つか最後の方、甲羅投げてたら分かんなくなかったか？

コメント：忖度《そんたく》？

コメント：兄者の罰ゲームだー！！！

やべー、罰ゲームの存在忘れてたわ。

ゲーム楽しみすぎたな。反省。
つかやだなー。
さっきの愚妹みたいなやつじゃないといいけど……。
「…………うん、あー、うん」
「え、兄者？　どしたの」
「いや、なんか、うん。マシュマロって匿名でメッセージ送るヤツだよな」
「そうだよ〜」
「なんか送った奴に心当たりがあるんだが」
「え、そんなことあるか？」
「まぁいいや、読むぞー。ん、んんっ。『認めたくないものだな、自分自身の、若さ故の過ちというものを』」
コメント：これはシャ◯ｗ
コメント：声真似うめぇ
コメント：これ送ったの紅葉ちゃんだろｗ
八重咲紅葉：シャ◯きたー！！！
コメント：八重咲ェ
コメント：犯人ｗ
コメント：マシュマロ主この子か……

本当に八重咲かは分からんが、救われたわ。

ナイスマシュマロ。

「なんか腑に落ちねぇ……」

「ルールはルールだ」

「まぁいい！　次でしっかり醜態を晒してもらおうか！」

「またタイマンか？」

「アタシはその次からでいいよ～」

ってことで、再びタイマン戦。

流石というか、普通に夜斗上手いんだよなぁ。

真面目にやらないとまた罰ゲームになりかねん。

「いやー、これは余裕ですわ。いくら兄者強くても所詮は一般人な訳ですよ」

「そうだよな。俺一般人だよな。なんでここにいるんだろ」

「これならわざわざスミレに頼んでまで呼ぶ必要なかったなー。いやー、圧勝だわ」

「うん、まぁ、圧勝かどうかは分からんが」

一応、二位だからね俺。

コメント：夜斗くそ煽るｗ
コメント：兄者が負けてるの珍しい
コメント：これは珍百景

コメント：でもなんか、兄者手加減説あるんだよなぁ
コメント：それあるー
手加減？

してるつもりはないんだが……。

なんか、嫌なこと思い出したんだけど。

あの社長、余計なお世話なんだよ。

俺は別に本気でやってないわけじゃない。

ただ勝ち過ぎるのは、嫌われるから。

……まぁ、でも、嫌われても問題ないか。

それはそれで、この世界からサヨナラするだけだし。

それに――

「俺が俺の責任で騙されるのはいい。それは、俺が悪い」

「え、兄者？　どしたん？」

「だがな、そこにスミレさんは関係ないだろ」

「へ？」

「あんな優しい人を利用したのは、お前らが悪いからな」

「なんか、兄者が本気の目してるんだけど～……」

コメント：兄者スミレパイセン好き過ぎるんだよなぁ

コメント：姫の一件があるからな
コメント：あれは優しい通り越して聖女
コメント：兄者ガチギレか？
コメント：キレるポイントが分からんｗ
コメント：ここからが本当の勝負
コメント：魔王には第二形態がある常識だよなぁ
「あん？　兄者が順位下げてんだけど何事？　捨てゲーかぁ？」
「まさか。お前には罰ゲームを受けてもらう。覚悟はいいか？」
「はっ。八位からこの差を埋めてから言って欲しいなー」
「なら、堕ちろ」
「ふぁっ!?」
コメント：ピンポイントでサンダーｗ
コメント：コースアウト確定のタイミングで打ちやがった
コメント：しかも兄者スターゲット？
コメント：スターって無敵でおけ？
コメント：無敵プラス常時加速
コメント：まさかわざと順位下げたん？
このゲームは下位になるほど強力なアイテムが手に入る。

実力で五分五分ならアイテムの差が勝負の分け目。
あとは、無防備のお前を抜かすだけだ。
「くっそなんだよ！　二位がスター使うのおかしいだろ！」
「その甲羅は効かねぇよ」
「やベーんだけど！　この兄者なんで八位から追い付いて来れんだよ!?　おかしいーだろ！」
いくらプレーが上手いといっても、一位は狙われるからな。
逆にこの順位からなら、最効率ルートを通れば追い付けないこともない。
コメント：兄者の逆襲ｗ
コメント：あそこから追い付くのやべぇｗ
コメント：兄者が無敵
コメント：兄者は常時スター
コメント：なにそのチートｗ
コメント：プレイングがえげつない
コメント：さすがは兄者
「自称魔王、この手は読めたか？」
「ちくしょおぉぉ！」
「ほら罰ゲームだ。早く読め」
「くっそ……。えーっと、うわーまじかよー」

「はやく読め」

「夜斗くん、早く～早く～」

「分かったよ。『か、勘違いしないでよね！　別にアンタとゲームがしたかったわけじゃないんだからね！』……ってこれ桜用のやつだろぉ！！！」

「うし、次やるぞ。お前ら当分マ○カできないくらいボコボコにしてやる」

「ちょ、リアクションくらいしてくれよ……！」

「兄者～、アタシは次でもいいよ～……」

「次、やるぞ」

「……うす」

コメント：夜斗きめぇｗ
コメント：そのツンデレはいらない
コメント：姫を出せ
八重咲紅葉：ノゲ○ラー！　空ー！
コメント：今日紅葉ちゃんずっとザ・ビーストしてんな
コメント：夜斗スルーされてんの草
コメント：姫逃げれず
コメント：本気兄者がマジでやばいｗ
コメント：ここからは姫の罰ゲームフィーバータイム

愚妹はともかく、ほぼ他人の夜斗をボコボコにすんのはあれだとも思ったが……。

別にいいだろ。

スミレさんは利用されても笑顔で許すだろうし。

本人代理で、俺が制裁する。

「こっから先、俺の罰ゲームは見れないと思え」

「やだ〜！　本気の兄者とゲームしたくない〜！！！」

「次は負けねぇぞ！」

「煽られた分は返してやるよ」

「いくぞおら！」

「いやだ〜！　罰ゲームしたくない〜！」

「「クソ兄者ァ！！！」」

この後めちゃくちゃ罰ゲームした。

愚妹が。

#ゲーム×ト×ザツダン

「兄者〜！　アタシ天才かも〜！」

「そうだな天の災いだな」

日曜日の朝である。

なんなら早朝である。

貴重な休みを轟音《ごうおん》の叫び声で起こしやがって……。

「で、なんだ。俺は寝るぞ」

「雑談配信ってあるじゃん？」

「寝るって言ってんだが」

「でさ、ゲーム配信ってあるじゃん？」

「なに、なんなの？　アンチスキルなの？」

「両方いっぺんにやったらどっちも楽しめると思わない～？」

思わん。

なにその、カツとカレー混ぜたら美味しいみたいな。それは美味いわ。

が、コスパが悪い。

「なんで誰もしないんだろ～ね。アタシ以外気付かなかったのかな」

「みんな分かってやってねぇんだよ」

「なんで？　超面白そうじゃない？」

本来、その面白い配信を二回できるんだよ。

なんでわざわざ二日分の材料で一食のメニュー組んじゃうかね。

さすがは我が愚妹。

『もしもーし。元気してるかい？　兄者くーん』

「なんで俺の番号知ってるんですか社長さん」

『桜に聞いた』

「分かりました、しばいときます」

『用ってほどの用でもないんだけどね。ちょっと聞いておきたくてさ』

「はあ」

『この前の配信、お疲れ様。好評だったよ。ありがとう。お礼でもできればいいんだけど、副業扱いされたら君に迷惑かな』

「まぁ、そうですね」

『そっか。ならいっそうちで！　というのは前に言ったからいいとしてだ』

「はい」

『君が本気を出しても、誰も離れたりなんかしないよ。君が本気でぶつかった分だけ応えてくるような、変人ばかりだからね』

「…………」

『言いたかったのはそれだけ。じゃ、この後の配信も期待してるよー』

「…………」

一方的に話しかけて一方的に切られた。

ほんと、好き勝手言ってくれる……。

今日の配信か。

まぁ鬱憤《うっぷん》が溜まってるし、ボコるか。

ゲームで。

いや、俺ドSとかじゃないからな？

その後、女性の連絡先が三人増えた。

ギャルゲー？

女社長《ボス》、神絵師《クレイジー》、狂戦士《ザ・ビースト》。

どれもバッドエンドしか見えないんだが……。

【ゲーム×雑談】マシュマロ食べながらゲームしたら最高に楽しい！　はず【春風桜、兄者】

「みんな～聞いて！　兄者ひどいんだよ！」

「挨拶くらいちゃんとしろよ……」

コメント：開口一番それかよｗ
コメント：今度は何された？

コメント：その前に姫が何をしでかしたかだな
「アタシが社長に聞かれたから電話番号教えたら、なんか兄者キレたんだけど～！」

「なんでお前が正義みたいな言い方になる。あと社長も何聞いてんだよ……」

コメント：これは姫が悪い
コメント：情状酌量の余地なし

コメント：ギルティ
コメント：開始前から姫虐していくスタイル草
「いいから名乗れ。あと企画を説明しろ。タイトルがだいぶカオスだ」
「あ、おはる〜！P・S二期生の春風桜だよ〜。あと兄者」
「急に雑な」
「今日はね、もうタイトル通り〜！　マシュマロ食べながらゲームするよ〜」
マシュマロ。
特定の相手に宛名無しでメッセージを送れるサイト、らしい。
コメントよりもトークテーマとして見やすいのが特徴、なのかね。
まじで詳しくは知らん。
コメント：久々に来たな
コメント：恒例の謎企画
コメント：姫オリ企画定期
コメント：たまによく分からん企画するもんな姫は
コメント：この前のは特に酷かった
コメント：どんなん？
コメント：あれな目隠し将棋
コメント：タイトルからしてカオスｗ

コメント：コメント見ながらスイカ割り感覚で将棋しようってあれね

イカれてんなおい。

つかそれ、目隠ししてるからコメントも読めなくて放送事故みたいなオチだろ。

もう少し考えてから企画しろ。

あと運営さんも止めてくれよ……。

「そんなのに比べたらまだマシな部類だなこれ」

「兄者はマシュマロ読んでね〜。アタシはコメント拾うから」

「分担すんのな、了解。で、ゲームは？」

「オセロにした〜」

「んじゃやってくか」

コメント：姫が珍しく運びがいいな

コメント：これは裏があるな

コメント：誰かの入れ知恵か？

コメント：#兄者の倒し方 多分これ

コメント：解釈一致

コメント：なる

オセロに関して説明は要らないだろう。

さてと、マシュマロはどう出すんだっけかなと……。

昼に聞いたばっかで慣れてないんだよな。
　マシュマロ
『兄者の個人チャンネルまだ？』
「ない。この先ずっとない」
「兄者?否定が速くない～？」
「つかなんで俺宛っぽいのがあるんだよ。これ春風桜へのマシュマロじゃないの？」
「あ～、最近多いんだよね～」
コメント：そらそう
コメント：他に兄者にメッセ送る手段ないからな
コメント：せめてチャンネルとT○itterと3Dくらいは用意してもらわないと
コメント：B3
コメント：強欲な奴おって草
なんで俺がVTuberであることを前提に話が進んでんだよ。
いや、俺もなんで配信に参加してるのか最近わからんが。
「兄者も人気者になったね～。リアルではモテないのに」
「既にバーチャルで生きてるお前に言われてもな」
「あ！　ちょ、兄者ズル！　ズルした～！」
「このゲームでズルってどうやるんだよ……」

角を取っただけなのに。
角取らずに勝てとか縛りゲーしてないし。
コメント：ズルしてんのは姫なんだよなぁ
コメント：この案って誰が出したん？　有志？
コメント：A2
コメント：夜斗説濃厚
コメント：それは牛乳
コメント：どんだけ負けたの悔しかったのw
マシュマロ
『シスコンですか？』
「死ね」
「ちょっ、兄者こわい。え、なに？　どしたの？」
「いや、これはそうなる」
「意味が分かんないんだけど～」
「お前、ブラコン？」
「死ね」
「な？」
「あ～、うん。よく分かった～」

コメント：死ね www
コメント：草しかないわ
コメント：これはリアル兄妹
コメント：でも仲良いじゃん
コメント：F４
コメント：ブラコン妹は至高
コメント：ただし二次元に限る
「そもそもシスコンとかブラコンとかは創作物なんだよ」
「ふつーに、ないよね～」
「エルフとかドワーフと並べていいレベル」
「だよね～」
「さっきから受け答え雑になってないか」
「そだね～」
「おい」
コメント：バレるぞｗ
コメント：姫～
コメント：姫のポンコツ具合がわかる
コメント：D１

コメント：ブラコン妹はいるんだ！
コメント：妄想ニキは帰ってどうぞ
「あ〜、ほら、マシュマロキモすぎて引いてた」
「どんな因果関係で空返事になるんだか。まぁいいや、次」
マシュマロ
『好きな食べ物は？』
「肉」
「プリン」
「あ、俺の勝ちな」
「くぬぅ……」
コメント：さらっと勝つなｗ
コメント：マシュマロに対する答えが二字と三字ｗ
コメント：つかこれだけやって負けるのかよ
コメント：兄者がひたすらに強い
「兄者！　ハンデ！　ハンデちょうだい！」
「まだ一戦目なんだが……」
「ハンデ！　ハンデ！」
「つかオセロでハンデってどうすんの？」

「兄者角とったら負け～」

「勝てるかっての。ほれやるぞ」

「ぷふぅ……」

マシュマロ
『もしも桜ちゃんと紅葉ちゃんとスミレパイセンがピンチだったら誰を先に助ける？』

「完全に俺宛じゃん」

「パイセン一択でしょ？」

「まぁ恩義があるしな」

「紅葉ちゃんは～？」

「可能なら一人見捨ててでも二人を助ける」

「その一人アタシでしょ～」

「当たり前だろ」

「なんでキメ顔？」

コメント：やっぱパイセンのこと好きやん
コメント：兄者のガチ恋勢説未だ否定されず
コメント：姫はともかく紅葉のとばっちり感
コメント：A3
八重咲紅葉：へー（<●>ω<●>）

コメント：八ｗ重ｗ咲ｗ
コメント：こっわｗ
コメント：八重咲ちゃんヤンデレ説出てきた
コメント：どんだけ兄者のこと好きなんｗ
コメント：P・S内で紅葉ちゃんと話合う人いなそうだもんなぁ
どうでもいいけど、こいつこんなオセロできたっけ？
普通にいい勝負してる気がすんだけど……。
あとコメント見てないから今が盛り上がってんのか冷めてんのか分からん。
「あ、やべ、戻っちまった。えーっと、間違えた、ん？」
「兄者？　どうし……た、の…………」
「いや、うん。とりあえず、正座しようか」
「…………はい」
コメント：あー！！！
コメント：バレたな
コメント：姫逃げてー超逃げてー
コメント：手遅れだ
コメント：E1
コメント：もうええで

コメント：これだから姫はｗ
「このツイートはなんだ？」
「兄者を倒そーって、集めたやつ……」
「だな。わざわざ#兄者の倒し方とかあるもんな。んで？」
「えーっと、……ごめんなさい」
「何が？」
「コメント見ながらオセロしてました……」
「ほー？　ズルをしたと？」
「はいぃ……」
「とりあえず、冷蔵庫のプリンは三つほどお亡くなりになったな」
「ごべんなざいぃ～！！」
コメント：草
コメント：姫虐定期
コメント：泣き真似上手くなったな
コメント：ガチでは？
コメント：これはまだ余裕がある泣き声
コメント：泣き声ソムリエ解説乙
「わざわざ俺にマシュマロの見方教えたのはこの為か」

「兄者ァ〜、プリンは違うじゃん〜、プリンは悪いことしてないじゃん〜」

「所有者が悪いことしてんだよ」

「兄者だってたまにズルするでしょ！　同じ！　ね、同じ！」

「しねーよ。ここからはカンニングなしだからな」

「兄者ァ〜、せめて一個にして〜、ね？　一個ぉ〜」

「いやプリンの話長いなおい」

コメント：どんだけ好きなんだよｗ
コメント：プリン取り合う兄妹ってリアルにいるんだな
コメント：一方的な強奪に見えるが……

コメント：罰金みたいなもんだしまぁ
コメント：正当な押収
「んじゃ一勝につき一個プリンを見逃そう」

「ぜっっったい勝つから〜！」

「いつになくやる気だな」

「もう今までのアタシじゃないからね！　もう本気だから！」

「あと俺が勝ったら追加でプリン食うからな」

「クソ兄者ァ！！！」

ドンッ！

コメント：台パンｗ
コメント：詰ませてから言うのドS
コメント：さすがは兄者
コメント：鬼畜ドS虐待魔王は言うことが違うぜ
四つほど冷蔵庫からプリンを持ってきて、まずは一つ完食。
普通に美味ぃ。
コメント：目の前で食うの草
コメント：ドSにも程があるｗ
コメント：今日だけでプリン何個食うことになるのか
「うやぁぁぁ！！！」
「どうした。もう辞めるか？」
「兄者ァ心無いの!?　心痛まないの!?　人のプリン食べてさ！」
「いや大量にあるし。お前が計画性皆無で買うからプリンで冷蔵庫圧迫してんだよ」
「アタシのプリンだよそれ！」
「返して欲しけりゃゲームで勝てよ。なんならカンニングありでもいいぞ」
「え？　まじ？　後悔しない～？」
「それで負けたら二個食うけどな」
「に……くぅ……や、やる！」

「よしじゃ、やるか」
「みんな～、兄者を倒すために力を～！」
コメント：B2
コメント：E5
コメント：E2
コメント：B5
「ああ、これが座標指示か。めっちゃ角くれるじゃん」
「いやぁぁ！！！　プリンんん！！！」
「つかこれ美味いな」
「このクソ兄者ァ！！！」
ドンッ！！！
結論。プリン食べながらゲームしたら最高に楽しい。

#とある聖女の魔王攻略

配信開始から、約二時間が経過した。

「教えてくれ。俺はあと何人殺せばいい？」

また一人、無惨に散っていく。

「俺はあと何回、リスナーとリスナーのキャラを殺せばいいんだ？」

ガノンは俺に何も言ってはくれない。

教えてくれ、リスナー。

時を戻そう。

そうだな、丁度配信開始前だったか。

『すまない。スミレの方が連絡がつかなくてな』

「あの、ウチの愚妹も一緒なはずなんですが……？」

『こっちでも確認してるんだが、どうもね。君には本当に無理を言って申し訳ないが、二人が来るまで間を繋いで貰えないかな？』

「本気で言ってます？　間違いなく燃えますよ」

『こうなったのもこちらの責任、君に非はない。対応はこちらがするから、お願いします』

「……わかりました。どうなっても知りませんよ」

珍しく、あの社長さんが礼儀正しい言葉を使った。

それほどまでに異常事態だったのだろう。

ったくあの愚妹、今度は何を仕出かした？

スミレさんの家に泊まりに行った次の日にこれとか、もう共演ＮＧだろそれ……。

幸いというか、配信の準備はスタッフさん達がどうにかしてくれる。

まさかスミレさんとの初スタジオコラボがこんな形になるとは……。

まぁ、愚妹の大やらかしでは迷惑をかけたからな。こっちが丸投げする訳にはいかない。

【ス○ブラ】コラボ配信！大会に向けて魔王に弟子入りします！【吹雪菫、春風桜、兄者】

「……はい、どうもー、兄者でーす」

コメント：珍しい入り

コメント：どうもー

コメント：おはるー

コメント：兄者どーん

コメント：あれ？　兄者だけ？

「あー、まぁ、えっと、なんかスミレさんと愚妹が遅刻します」

コメント：マジかw

コメント：姫はともかくパイセンは珍しいな

コメント：兄者ドンマイ

コメント：これは何かあったな

コメント：姫……遅刻……二十四……うぅ頭が……

コメント：これは兄者が二十四時間待つ流れか？

「いや、それは割と本気で考えた。流石にスミレさんがそういう形で復讐とかはしないと思いたいが」

あれで実はブチ切れたとか？

怒りの矛先が監督不行届で俺に来たって可能性も、なくはないか……。
あの人に限って、な……。
「一応、二人が来るまで間《ま》を持たせって指示があったんだが、どうする？」
コメント：こっちが聞きたいｗ
コメント：兄者の声真似配信まだ？
コメント：兄者の雑談が聞けると聞いて
コメント：１２０円　高杉◯助
コメント：１５００円　坂◯銀時
コメント：２０００円　キ◯ト
コメント：５００円　エ◯ル
八重咲紅葉：ペテ◯ギウス・ロマネコンティ！！！
コメント：２４００円　モンキー・◯・ルフィ
コメント：乗るしかないこのビックウェーブに
なんかよからぬ方向に話が進んでるぞ。
まて、俺は金を取れるほどモノマネ極めてないから。
ほとんど雰囲気で誤魔化してるだけだから。
しかしここで全否定して同接減らすのもなぁ……。
「んじゃあれだ。ス◯ブラで俺が負けたらリクエストに応えるわ。視聴者参加型にするから、三対一で勝負な」
コメント：キタコレ！
コメント：待て今から準備する
コメント：ちょっとス○ブラ買ってくる
コメント：ビギナーでどうにかなる相手じゃないぞｗ
コメント：そこじゃねぇｗ
コメント：参加型ねぇ……ちょっくら準備しますか
コメント：６００円　俺らの身代金
コメント：それただの命乞いで草
つーわけで、スミレさんにゲームを教えるはずがリスナーと殴り合う企画になった。
なんでよ。
そして、二時間が経った。
そろそろ何連勝してるかも分からないとこまで来てる。
誰か俺を止めてくれ。
【ドッキリ！】兄者ならパイセンがどれだけ遅刻しても許す説【春風桜、吹雪菫、兄者】
「ってことでね～、別室で兄者の配信見てるんだけど……」
「大丈夫なのかな？　兄者くん、すごく怒ってない？」
「いや～、兄者はあれくらいするよ～」

「でもほら、あの黄色いポ〇モンさん、何もしないうちに落ちちゃってるよ？」
「離れて見ても兄者ヤバい～、超ドＳ～」
コメント：そろそろ二時間やで
コメント：パイセン引いてるじゃんｗ
コメント：待ち続ける兄者のメンタルやべぇ
コメント：やべぇのは裏でこの企画つくる姫のセンスｗ
コメント：わざわざチャンネル二つ使ってるからな
コメント：Ｔ〇itter とかフル使用で準備してたわ
コメント：パイセンのチャンネルに兄者を呼んで姫のチャンネルでドッキリ視聴か
コメント：デュアル前提の企画なの草
コメント：これで兄者キレなかったら尊敬
コメント：むしろキレて姫虐
コメント：１２００円　身代金
「わざわざ兄者がＴ〇itter とか確認しないよーに色々頑張ったからね～」
「そうなの？　どんなことしたのかな？」
「めっちゃゲームした」
「ゲームしたんだ」
「うん……めっちゃボコボコにされた……」

「ボコボコにされたんだ……」
コメント：姫虐助かる
コメント：この企画のためにボコされる姫ｗ
コメント：自ら姫虐されていくの草
コメント：この話で銀シャリがすすむ
「私もボコボコにされないかな？」
「兄者パイセンに対してだけ超甘いからね～」
「甘いの？」
「なんかめっちゃパイセンのこと好きそうなんだよね～」
「へっ！　へ、へへ、へぇー……」
コメント：パイセンｗ
コメント：動揺が抑えきれてないｗ
コメント：照れスミレ尊い
コメント：なんか一生からかいたい
コメント：からかわれ上手のスミレさん
コメント：ただし姫は素で言っている模様
「そろそろネタばらしした方いいかな～」
「そ、そうだね！　兄者くんが本当に怒る前にした方がいいかも」

「うん、だよね～。ほんとに怒ったら笑えないからね～……」
「そんなに、怖いの……？」
「怖いっていうか～、いじわる」
「いじわる……？」
「アタシのプリン無くなっちゃう……」
「あれ？　プリンの話だったっけ？」
コメント：いじわるは草
コメント：結局プリンなのかよｗ
コメント：姫プリンのことしか考えてない？
コメント：兄者第二形態はマジで強い
コメント：夜斗をボコしたあれな
コメント：ゲームではなくリアルであのエグめのプレイをすると
コメント：４００円　身代金
コメント：２２００円　身代金
コメント：１３０円　プリン代
コメント：キレられるの確定してるｗ
「てなわけで～、ネタばらししてきま～す。リンク張ってあるから、みんなスミレパイセンの配信に急げ～」

「アーカイブは残しますから、安心して下さいね」

コメント：いってらー
コメント：その先は地獄だぞ定期
コメント：地獄への片道切符
コメント：その先は姫虐だぞ
コメント：天国だったわ

配信始めてから、どれくらいたった？

わりと本気でゲームしてたから時間感覚がおかしくなって来た。

あとたまに来る『だいまおうヤト』と『やえさき』は本物じゃないだろうな……。


「てか二人はまだ……――」

「ドッキリ、大成功～！！！」

「…………」

「い、いえ～い……」

「ど、どうもー……」

「…………」

「……」

「……」

コメント：ドッキリ大成功！！！

コメント：いえーい
コメント：いえーい？
コメント：兄者ー？　姫ー？　パイセンー？
コメント：放送事故ｗ
コメント：何が起きてるｗ
コメント：兄者は立ち絵だけど二人は３Ｄだから動けるだろｗ
コメント：あれ？画面固まった？
コメント：俺が時をとめた
コメント：ザ・ワールド
すまん、ちょっと思考が止まってた。
えーっと、なに？　ドッキリ？
「あー、つまりあれか。コラボ配信で遅刻してみたドッキリか」
「そ、そーそー。そーゆーこと～。兄者のことはずっと裏で見てたよ～」
「んじゃあ、スミレさんが愚妹のせいで事件に巻き込まれたとかそういうことはないと」
「うん、ないよ～。……ねぇ、なんでアタシのせいで事件に巻き込まれるの？」
「そうか。いやー、よかったわー」
「ごめんなさい兄者くん！　騙したりして」
「気にしてないですよ。スミレさんに大事がなくてよかったです」

「へ!?　あ、う、うん。ありがとう……」
コメント：パイセンー！！！
コメント：照れスミレ定期
コメント：兄者はこれ素でやってんのかな
コメント：からかい上手の兄者さん
コメント：弄んでんな～
コメント：実はブチ切れ兄者だったり
コメント：２０００円　身代金（二人前）
コメント：スミレパイセンを虐待するのは許さん
コメント：ガチ恋勢が来たか
コメント：１４００円　もっと照れスミレを
つまりこの二時間、マジで俺にドッキリを仕掛ける為だけの企画だったと。
撮れ高があったかは知らんが、まぁ企画として成り立ったならよかった。
「んじゃそろそろ終わりますか」
「ふっふ～、何を言ってるのかな～兄者～？」
「なんだその安っぽいニヒルキャラ」
「アタシがただ兄者にドッキリすると思った～？　アタシはバカじゃないんだよ～」
「いやバカだけど」

「今！　兄者はリスナーさん達とゲームしまくって疲れてるはず！」

「で？」

「今ならアタシとパイセン二人で戦っても勝てる～！」

コメント：こすいw
コメント：漁夫の利作戦で草
コメント：天翔○閃はスキのない二段構え
コメント：武撃決殺w
コメント：姫は二度刺す
コメント：ここまで三対一で無敗の兄者だぞ……

別室でずっと見てたってのは、俺の動きを研究してたってことか。

……ないな。

スミレさんならまだしも、こいつにはそんな思考はない。

純粋に、「ゲーム二時間もしたら疲れるじゃん」みたいな考えで動いてるな。

「じゃあゲームすんのかよ」

「するよ～。ほら、この動画のタイトルは嘘じゃないから」

「弟子入りして真っ先に師匠倒しに来んのな」

「弟子は師匠を超えるものだよ～！」

「八重咲辺りに教えられてそうな言葉だな」

「兄者くん……」

「はい？」

「こんなドッキリとかした後だし、多分嫌だとは思うけど、お願いできないかな？」

「構いませんよ。ただ、スミレさんこのゲームやったことってあります？」

「うん！　実はね、今日のために猛特訓したから！」

コメント：したな
コメント：それはもう猛特訓したわ
コメント：一体どれだけのガノンと試合をしたか……
コメント：パイセンゲームうまいん？
コメント：つい先々週まで素人
コメント：今は姫より若干弱いくらいじゃね？
コメント：パイセンが強いのか姫が弱いのか
コメント：ここ最近の配信が全部ス○ブラになるくらいには本気でやってたぞ
コメント：打倒魔王って言ってたしな
コメント：P・Sの魔王は夜斗じゃないのかよｗ

そこから、さらに追加で一時間。

愚妹とスミレさん相手にス○ブラ対戦に興じた。

スミレさんの使用キャラはル○ナ。初心者向けというか、クセがなくて使いやすい近接キャラって印象。

ゲーム慣れしてないのがよく分かるプレイングだったが、ちゃんと基本は押さえているようで。

まぁ一応弟子入りってタイトルだったたし、ちょくちょくアドバイスとか入れながら配信を続けた。

「あ、そうだ！」

「どうしたんですか？」

「リスナーさん達に教えて貰った技があるんですよ」

「コンボとか？」

「えっと、そうじゃなくて……。次の試合でできたらやりますね！」

「兄者……ハンデぇ……」

コメント：あれが出るのか
コメント：オラわくわくすっぞ
コメント：ついにあれを出す時が来たか
コメント：やっちまえパイセン
コメント：あれは最終奥義だぞ……！

なにやらコメントの方が盛り上がってんな。

取っておきってことは、俺も知らん裏技みたいなのか？

少し楽しみだな。
「じゃあ、やりますか」
「はい！」
「兄者ァ～！　アタシだけ狙うの無しにしてぇ～！」
まぁ、確かにコンビプレイ説も否定できんし、ちょっと様子見するか。
…………。
…………？
「あの？　動かないんですか？」
「えっと、攻めてもらわないとできないんです……」
「カウンター系なのか……？　じゃあこっちから行きます」
「どうぞ！」
コメント：草
コメント：攻撃のない平和な世界ｗ
コメント：カ◯ビィは暴れてるけどな
コメント：絶対にパイセンに攻撃しない意志を感じたわ
コメント：早くも残り一ストックのパイセンｗ
コメント：そろそろ見れるぞ
一ストック限定の技とかないよな……？

カウンターも打つタイミングは結構あっただろうし……。

「あの、そろそろ出ますか？」

「はい、もう少しでできます！」

「……えっと、スミレさんの負けですけど……」

「ここでですね！　えい」

ポフッ！

「あー……」

コメント：台パン成功
コメント：これ台パンか？

コメント：めっちゃ可愛い音が聞こえたぞ
コメント：練習してよかったなパイセン
コメント：台パンってか台ポン
コメント：もう少し姫を見習ってもろて
いや、リスナー共……。

お前らスミレさんに何を教えてんだよ。

「それが、リスナーに聞いた技ですか」

「ゲームで負けた時はこうやるんですよね？」

「そうすることもありますけど、あー、とりあえず一回終わらせます」

「いえ〜い、兄者もう95％まで行っ……たァァ!?　ちょ、兄者ァ!?」
「こういう風にジャンプして浮いた敵を攻撃すると連続でダメージが入ります」
「な、なるほど……。なんだか可哀想……」
「まぁお互い殴り合うゲームなんでお相子ってことで」
「お相子……」
「クソ兄者ァァァ！！！」
ドゴンッ！！！
コメント：姫虐助かる
コメント：３２１０円　身代金
コメント：姫の台パン音でけぇｗ
コメント：台パンの格が違う
コメント：ゲームする度叩いてるだけあるわｗ
コメント：台パンの達人
コメント：もう一回遊べるドン
まぁ、そんなこんなで長丁場のコラボ配信は幕を閉じた。
今思い返せばあの社長の電話すらグルだったのだろう。
配信後、改めてスミレさんと話す機会が作れた。
土下座は途中で止められたので、普通に誠心誠意頭を下げる。

ドッキリのこともあってか、愚妹の伝説級の遅刻に対する謝罪を受け取ってくれた。

「よかったですよ。正直裏ではブチ切れてるかもとか思ってましたから」

「そんな。私も今日は兄者くんがキレてないか心配でしたよ？」

「あれくらいじゃ怒りませんよ。それに今日は念願叶ってスミレさんにお会いできましたし」

「あ、あー、えっと！　そ、そういうことは本人の前で言わなくても……」

「ああ、すみません。ようやく謝罪ができて肩の荷が下りたもので」

「そ、そっかぁ……。……謝罪……？」

「はい」

「私に会いたいって、謝りたかったから？」

「まぁ、そうですね。流石に通話だけでっていうのは失礼かと思いましたし」

「兄者くんって、……その、恋、とか、してる？」

「いや、特に」

「じ、じゃあ……私の、勘違い？」

「え、何がですか？」

「その、兄者くんが、ガ、ガチ恋勢……だと、思ってたんだけど……」

「えっと、そもそもガチ恋勢ってなんですか？」

「……――――っ！！！」

その後、何故か顔を真っ赤にしたスミレさんに怒られた。

というか叱られた？　っていうより文句を言われた？

俺は何をされてるんだろうか……。

乙女心をとかスケコマシとか、全くピンとこない単語で罵られてんだけどなんで？

何を謝ればいいのか全く分からないが、気分を害した理由が俺にあるのは明らかだな。

頭を下げて、無礼があった（恐らく）ことを謝罪する。

で、なんかポカポカ両手で殴られた。

痛くないし、なんならＨＰ回復するかと思った。

怒ってんだろうけど、無意識の優しさが滲み出ちゃってるんだよなぁ。

後日談というか今回のオチ。

ドッキリの企画者は愚妹だったので、食い飽きたプリンは八重咲に送り付けた。

#さよなら兄者先生

「なぜいる」

「ゲームしよって誘われたので来ました！」

リアル八重咲紅葉はキメ顔でそう言った。

金曜の夜、ＤＶＤをレンタルした帰り、帰宅後すぐに起きたできごとである。

意外というか、予想外というか、予想をしようとも思わないことだった。

いや、あるいは予想がつきそうなものだったのかもしれない。

なぜなら今日、ここで配信が行われるからだ。

そしてその配信に、愚妹が彼女を飛び入り参加させるとしても、何も驚くことはない。

どうしようもなく、そうするだろうなと納得してしまう。納得させられてしまう。

……なんて、長ったらしく語ってる場合じゃないな。

「愚妹から話は、聞いてるのか？」

「配信するんですよね！　突然のオフコラボですけどよろしくお願いします」

「内容については？」

「ゲームだって聞きましたけど、詳しくは何も」

「おい」

「……」

愚妹よ。そっと目を逸らすんじゃねぇ。

その手に持ったプリン今すぐゴミ箱にプッチンするぞ。

来てしまったものは仕方ない。もう告知もしてるだろうしな。

とりあえず、勉強もせずプリンを食っている愚妹はしばこう。

デコピンで。

【オフコラボ】教えて！　兄者先生～！　アタシがバカじゃないことを証明せよ【春風桜、八重咲紅葉、兄者】

「いえ～い、みんな～おはる～。P・S二期生、春風桜だよ～」
「…………」
「ほら、紅葉ちゃん、あいさつあいさつ～」
「どうも。同期に騙されて来た八重咲紅葉です」
「なんか酷くない～？」
「聞いてないよ！　なんで勉強会!?　ゲームするんじゃないの！！！」
コメント：荒れてんな
コメント：姫やりやがったな
コメント：これはキレていい
コメント：グーパンでも許される
コメント：むしろ推奨
コメント：さくやえてぇてぇ
コメント：ここでその米は草
「ま～ま～、ホントに勉強はしないから～。ね～、兄者～？」
「今からお前らには殺し合いをしてもらいます」
「いやだー！！！」
「兄者？　え、兄者……？」
「ってのは冗談だ。あぁ、兄者でーす」

「兄者さん！　どう思いますかこれ！　桜ちゃんひどくないですか!?」
「いや、割とマジで殴っていいぞ。許可する」
「ちょ、え、兄者……暴力反対！　ね、謝るから！　紅葉ちゃんごめんって〜！」
コメント：姫虐てぇてぇ
コメント：八重咲が兄者と手を組み始めたな
コメント：ついに同期にすら虐待される姫
コメント：これからも殴られてどうぞ
「と、愚妹はあとでちゃんとしばくとして」
「アタシの扱いが最近ほんっとに酷いよ〜!?」
「八重咲も巻き込んで申し訳ないが、愚妹の学力がいかに大変かを自覚してもらいます」
「兄者さん、わたし勉強したくてここに来たんじゃないんですよ」
「騙された自分が悪いと思って付き合ってくれ。ほら、冷蔵庫にプリンあるから」
「それアタシの〜！！！」
コメント：餌付けw
コメント：やっぱ仲良いな
コメント：この前の凸待ちも仲良かったもんな
コメント：kwsk
コメント：凸待ちという名の兄者声真似配信な

コメント：一人で三十分間声真似し続けたのヤバめ
コメント：八重咲ほぼフルタイムでザ・ビーストしてたわｗ
あー、あれね。誕生日のやつ。

うん。あれは酷かった。

無茶ぶりというか、もう無茶の強要よ。

あの時、なぜか最初機嫌悪かったな。なんでさ。

あと俺とスミレさんがイチャついてるという噂を流したやつは誰だ？

まぁ、後にしよう。

「まぁ、そんなわけでお勉強だ。つっても、中身は小学生レベルの問題を用意してる」

「兄者、それ舐《な》めすぎじゃない～？」

「もちろん満点が前提だ。国数英理社の五教科をそろえた。あ、算数な」

「兄者さん、わたしもやるんですか？」

「予定外なんだが、受けてもらう。あれだ、得点で勝負な」

「流石にさ、アタシ負けないよ～？」

「つっても、普通にやったら八重咲が圧勝するな」

「ねぇ、兄者聞いてる？　ねぇ」

「ってことでだ。八重咲には特別ルールを設ける」

「ハンデってことですか」

「あとは、八重咲自身の課題ってのかな。八重咲は、ザ・ビーストするたび減点です」
「え……」
コメント：算数は舐めてるｗ
コメント：八重咲の圧勝じゃん
コメント：各二十点の百点満点か
コメント：各教科二問！
コメント：十点ずつなのな
コメント：えぐいルール追加されてんな笑
コメント：これマイナス値あるぞ
コメント：素の赤点と大量の減点どっちが上か
コメント：底辺争いが確定してるの草
普通にやって八重咲が暴走することはないからな。
ところどころで俺がアニメの話を振ろう。
「ちなみに、勝った方にはご褒美があります」
「いえ〜い！」
「プリンは要らないですよ」
「はい、今ご褒美が無くなりました」
「ええ〜！！！」

「プリンだったんですね……」

「まぁあれだ、罰ゲームも用意してるから問題ないな」

「ホラゲーは無しだからね～！」

「ホラゲーは無しですからね！」

「借りて来たアニメ一クール耐久で見てもらいます」

もともとは目標点数に届かなかった場合のやつだったんだが、いいだろ。

それにこれは、そんなキツイもんでもないし。

コメント：良心的だな
コメント：朝までコースか？

コメント：寝られないのは罰ゲームらしい
コメント：ちな何見るん？

「アニメ！　何ですか!?　バトル系!?　日常!?」

「学園モノだな。まぁ詳しくは後でで」

「これわたし勝つ理由ないじゃないですか」

「これに負けるのは屈辱だろうから勝ってくれ」

「兄者ァ！　どういう意味だァ！」

「さっそく始めるぞー。まずは国語な。若干小学生難易度超えてるかもしれんが、まぁ常識の範囲内だからいいだろ」

「大丈夫です」
「よゆ〜」
問一
次の字を漢字で書け。
『しょくいんしつ』
まぁこれは二人とも正解。
よかったわ。これ出来ないとか、流石の俺でも引くな。
コメント：職員室
コメント：これは余裕
コメント：さすがに分かるだろ
コメント：毎日目にする
コメント：呼び出しくらってんのか？
「ホントによゆ〜じゃん」
「そら小学生の問題だもんな」
「まずは序の口ですね」
「次、第二問な」
問二
次の言葉の意味を答えよ。

『虎穴に入らずんば虎子を得ず』
「え、これなんて読むの？　えび？」
「この漢字はトラな」
「とらあなに、はい……ラズンバって何？」
「駄目だこいつ早くなんとかしないと」
「デスノ〇ト！！！」
「はい減点」
「えぇっ!?」
コメント：エビってｗｗｗ
コメント：そもそも読めないの草
コメント：これ小学生向けか？
コメント：一般常識
コメント：八重咲ｗ
コメント：まずは一ビースト
コメント：単位になってんの草
マジでいい勝負になったりしねぇよなこれ。
一応一回につき五点マイナスで付けてるけど、大丈夫か？
愚妹にテストで負けるとか、俺なら暫く引きこもるぞ……。

「よし、答え見てくぞー」

八重咲紅葉。

『リスクを負わないと目的のものは手に入らない』

春風桜。

『子供は穴の中で遊ぶ方がいい』

「いや、どういうことだよ……」

「え、何が～？」

「何が？　じゃねぇから。なんの教育理論だこれ」

「だって分かんなかったもん～！　というかこれ小学生読めないよ！」

「高校生で読めてないのはダメだろ」

「兄者さん、答えはなんですか？」

「てか～、兄者意味知ってる～？」

「知らなきゃ問題出さないよな舐めてんの？　それとも喧嘩《けんか》売ってんの？」

「わ～早く答え聞きたいな～」

「はぁ……正解は『危険を冒さなければ、大きな成功は得られないこと』。ってことで八重咲正解」

「やったー！」

「アタシは？」

「どこをどう見たら正解だと思えるんだよ……」

コメント：十対十五
コメント：いい勝負になってんの草
コメント：いい勝負なっちゃいけないやつ……
コメント：八重咲正解はしてるんだよな
コメント：５００円　あと六ビーストはしそう
コメント：七回やって願い叶えるん?
コメント：七つの大罪
コメント：強欲の罪
コメント：ビースト・シン

言いたい放題言われてんな八重咲。

その後も、何故かデッドヒートを迎えてしまった。

ほんとになんでよ……。

問三
『2＋5×（4＋6）＝』

「70～！」

「バツ」

「ええ～！　なんで!?」

「なんでは俺のセリフ」

「52ですね」

「正解です。はぁ……絶望した！　実の愚妹の頭の出来に絶望した！」

「糸色望先生！！！」

「はい減点」

「はうぅ……」

コメント：52だろ常考
コメント：なぜ間違う
コメント：八重咲ええ加減にせえよｗ
コメント：オバカとオタクの対決草
コメント：三ビースト
コメント：算数の一問目は勝手になってた
コメント：兄者も困惑してたｗ

問四
和訳せよ。
『I want to see a temple』
春風桜
『わたしはエビの天ぷらを食べる』

八重咲紅葉
『俺は……俺は、寺が見たいんだ！』
「どっからツッコめばいい……？」
「わたしは合ってますよね？」
「意味は合ってるけどなんでジャ◯プ漫画風？」
「全然答えちがった〜……」
「天ぷらは、まぁ何となく分かったわ。どっからエビが出て来た？」
「だってシーって海でしょ？　海の天ぷらって言ったらエビ天じゃん〜」
「なんでseeを知らねぇのにseaは知ってんだよ……」
コメント：私はお寺が見たい
コメント：エビｗｗｗ
コメント：海老の天ぷら→sea the temple
コメント：ダジャレのセンスたけぇ
コメント：驚くべきは真面目に考えてこれなこと
コメント：恐怖だわｗ
コメント：普段何考えて生きてんだ
コメント：何かを考えていると思うか？
コメント：あっ……（察し）

もう少し考えて生きて欲しいよ。

人が考える輩ならこいつはもう人間やめてる。

問五
『重さ10kgの鉄球と、全く同じ大きさのプラスチックの球を地上5メートルから落としたとき、どちらが先に地面に着く？（ただし空気抵抗は考えないものとする）』

「超簡単じゃん～」

「もう一度考えてから答えかけよ」

「え、これ引っかけ～？」

「引っかけというか常識問題なんだが」

「兄者さん！　地球でやった実験ってことでいいんですよね？」

「なんで八重咲は物理法則から抜け出そうとする……」

春風桜
『てっきゅう』

八重咲紅葉
『同時に着く』

「引っかけじゃん！！！」

「知ってるか？　これ小学生の問題なんだぜ」

「これは問題が悪い～！」

「お前は頭が悪い」
「うなァ～！！！」
「どんな感情の咆哮《ほうこう》だそれ」
コメント：落下速度は重さに比例しない
コメント：解説ニキ乙
コメント：八重咲が常識人に見える動画
コメント：八重咲が常識人じゃないのが前提なの草
コメント：あ、ビーストした
コメント：鱗滝◯近次ｗ
コメント：相変わらずのクオリティ
コメント：五ビースト目ｗ
コメント：あと二回で予言達成
コメント：これで三十対三十五か
コメント：点が動かねぇｗ
八重咲、判断が遅い。
これで喜ぶのこいつくらいじゃね？
問六
『一五七五年に起きた長篠《ながしの》の戦いで、織田信長《おだのぶなが》率いる軍が初めて有効活用した兵器は何？』

「兄者、ながしのの戦いって何～？」

「戦」

「そういうことじゃなくて！」

「ヒントはやらん」

「ちっ……」

「おい舌打ちやめろ」

「兄者さん、戦国ＢＡＳ◯ＲＡなら誰が好きですか？　ちなみにわたしは真田幸村《さなだゆきむら》が――」

「減点覚悟でリクエストすんな。そういう企画じゃねぇから」

春風桜

八重咲紅葉

『しゅりけん』

『鉄砲』

「戦の中に忍者がいたと？」

「サムライが初めて使ったんじゃないの～？」

「お前もう帰れ」

「ここアタシの家なんだけど……」

「真田っ！　真田っ！」

「コールするな、やらねぇから。あと減点」

「横暴だァ！！！」
コメント：草
コメント：1200円　身代金（八重咲代）
コメント：888円　八重虐助かる
コメント：あれ？　ラスト問題終わった？
コメント：同点やん
コメント：八重咲後半怒涛のビーストラッシュだったな
コメント：半分諦めてたしｗ
コメント：アニメ一クール耐久とか実質ノーダメだもんな
なんでこうなるんだか……。
まぁ、八重咲は今日泊まるらしいからな。
罰ゲーム執行は特に問題ないだろう。どうせ二人ともやる訳だし。
「つーわけで罰ゲームだ」
「兄者～、両方勝ちってことにしない～？」
「赤点のやつらにかける情けはない」
「えぇ……」
「まぁプリンは普通に食っていいけど」
「わたしは要らないです」

「そんな嫌いだった？」

「いや、まぁ、最近食べ過ぎたので……」

あぁ、飽きたのか。

気持ちは分かるわ。なんで腹をさすってるのかは知らんが。

という訳で、三人でアニメ鑑賞だ。

著作権的な問題があると悪いので、接続したヘッドホンでそれぞれ視聴となる。

リスナーにはアニメの映像も音声も入らないので、ここからはマジのリアクション配信になってしまうな。

ちなみに、タイトルは『An○ther』。

いわゆるホラーアニメである。

「「いやァァァ！！！」」

＃切り抜き集

【春風桜、八重咲紅葉】ビビり組の蒼鬼プレイ 音量注意
「はーい。今日は、『蒼鬼』ってゲームやってくよー。……クリアまで。はぁ……」
「兄者さんが持ってたゲームだね……一応、そんなに怖くないって言ってたし……」
「そーそー。兄者は三時間くらいで終わるって言ってた。……だから四時間くらいかな……」

「はぁ……」

「はぁ……」

「え！　これどこ行くの!?　ねぇ、どこ行けばいいの〜!?」

「待って、えっと、キッチンだって」

「キッチンってどっち〜!?」

コメント：右

コメント：右の端

コメント：その扉の先

「ここ〜？　……――」

「「きゃあァァァ！！！」」

GAME OVER

コメント：鼓膜ないなった

コメント：あれ音消えた？

コメント：何も聞こえない

「ねぇ！　やだ〜！　もう進みたくないぃぃ〜」

「桜ちゃん、ゆっくりいこ、ね？　ゆっくり……」

「「鬼ぃ〜！！！」」

「これどうすんの!?　どうすればいいの〜!?」

「逃げて！　逃げてぇ！！！」

「どこにぃ～！！！」

GAME OVER

コメント：これクリアできんのか……？

コメント：進まねぇ

コメント：来るとわかっててこの反応だもんな

一時間後。

「もうやだ～……」

「桜ちゃん……もう、やめない？　やめよ？」

「でも兄者が～……」

「もう少しやって無理だったら電話しよ？」

「……うん、アタシももうしたくないから電話する～……」

コメント：これは凸しかないな

コメント：無理だな

コメント：兄者許してあげて

さらに二時間後。

GAME OVER

「もうむりぃ～！！！」

「鬼怖いぃ……蒼鬼いやだぁ……」

「ぜったい無理～！　電話する～！！！」

『もしも――』

「あぁにぃじゃァァァ！！！」

『でけぇ声出すな。何、ゴキブリでも出た？』

「ゴキブリよりやだぁ！　鬼怖いぃ！」

『いやそういうゲーム』

「もう無理ぃ！　先行きたくないぃ！　おうちかえるぅ！！！」

『おうちってそこお前の家、お前の部屋、Your room、ＯＫ？』

「のぉおぉ～！！！」

『八重咲に代われる？』

「……うん」

「兄者さんはなんて……？」

「紅葉ちゃん、代わりたいって～」

「ゲーム、辞めちゃダメなのかな……？」

「……たぶん、ダメ――」

「あぁにぃじゃァさぁん！！！」

『ダメだこれ』

【吹雪菫】寝起きスミレ まとめ
春風桜との初コラボ。
後輩が二十四時間遅刻した伝説の配信。
「……ん、んん？ ……あ、あぁ！ ごめんなさい、寝ちゃってました！」
コメント：寝息助かる
コメント：遅刻から十二時間経過
コメント：大物新人が来たな
コメント：来てねぇだよ
「助からないで……。えっと、春ちゃんまだ来てない？ 私どれくらい寝ちゃってた？」
コメント：後輩を待ちながらＡＳＭＲ
コメント：まだ五分くらいしか寝息聞けてない
コメント：もっと寝てていいよ
コメント：そろそろ来ない説出てるしな
「春ちゃん、大丈夫なのかな……電話もディスコ◯ドもでないし……」
コメント：ここまで待たされてこの反応
コメント：もはや菩薩
コメント：女神
コメント：優しさの権化

コメント：マザーテレサも声出してドン引きするレベル
「もう少し待ってみます。みなさん、眠くなったら寝てくださいね」
コメント：あなたが寝てくれ
コメント：スミレ様もういい……もういいんだ
コメント：むしろ寝てください
コメント：スミレ様の寝落ちＡＳＭＲ配信はここ？
コメント：ただし寝落ちするのはスミレ様
「大丈夫、大丈夫です。私は春ちゃんが来るまで待ちますから。とにかく大事がないのを確認しないと不安で眠れない……」
コメント：さっき寝てたよ
コメント：寝落ちして言うことか
コメント：スミレは嘘言わない
コメント：むしろ寝てくれ
三時間後……。
「――……ふぅ、すぅ……ん、んん……んん？　へ、あ、あぁ！　ご、ごめんなさい……」
コメント：ええんやで
コメント：寝落ち助かる
コメント：わり寝てた

コメント：まだやってる!?
コメント：まだ来ねぇのかよ
コメント：ええ加減休んで
「まだ連絡取れないみたい……本当に何かあったのかな……!?」
コメント：そんな発想になるのはスミレ様だけ
コメント：普通は居留守
コメント：ここまで来ると逆に好きになるわ
コメント：春風桜とかいうとんでもねぇ二期生
二時間後……。
「――……すぅ、すぅ……ん、すぅ……むにゃぁ……」
コメント：尊い
コメント：無限に聞いてられる
コメント：配信時間がやべぇ
コメント：下手したら二十時間いくぞ
コメント：また日が沈む……
「――すぅ……ん、すぅ……んん、ん……ふぇ？　え……あ、え？」
コメント：起きた？
コメント：おはようもう六時だよ

コメント：ＡＭ
コメント：寝ぼけスミレ尊い
「あ……あ、配信……！　私、また寝ちゃってた……ごめんなさい……」
コメント：謝ることじゃない
コメント：謝るべきはコラボ相手なんだよな
コメント：こちらこそ、ごちそうさまです
コメント：それも違うだろｗ
その後、配信開始から二十三時間五十六分後に二期生の春風桜が現れた。
「みんな、おはる……春風桜だよ～……」
「春ちゃん……!?　よかったぁ……無事だったんだね」
「あ、え～っと……スミレ先輩！　遅れてごめんなさい！」
「うん、大丈夫だよ。何も無くてよかった……」
「本当にごめんなさい！　スマホとパソコン両方落としちゃって～……」
「それで、あ……ごめん……」
「スミレ先輩～？」
「ちょっと、休ませ、て……」
「スミレ先輩？　スミレ先輩!?　パイセン～!?」
コメント：おやすみ

コメント：おやすみなさい
コメント：ゆっくりお休み
【サイサリス・夜斗・グランツ】兄者ハラスメントを受ける自称魔王ス◯ブラ全国ランクマッチ五連勝耐久配信。
兄者参戦前。
「ちくしょう！！！　またお前かよ首切りクリオネ!?」
コメント：スナイプ配下強えｗ
コメント：常連過ぎて名前覚えてる
コメント：この人やばくね？
コメント：別の格ゲーで全国二位
コメント：マジのバケモンじゃん
「クソがぁ！！！」
ドンッ！
コメント：これはしゃーない
コメント：いつもの光景
コメント：クリオネさんナイスぅ！
コメント：夜斗の配信はクリオネさん無しでは語れない
コメント：クリオネさんを倒せるかの配信になってるの草

「次は負けん！　まだオレは折れてねぇからな！」

コメント：それでこそ魔王
コメント：我らが魔王は諦めが悪い
コメント：1000円　軍資金
コメント：クリオネさんさえ倒せればいける
コメント：野生のランカーに注意

兄者参戦後。

「あんな動きできるのかよ!?　これはしょうがねぇわ……」

コメント：兄者なら避《よ》けたな
コメント：兄者はかわすぞ
コメント：兄者ならとっくに配信終わってる問題
コメント：今のは兄者なら勝てた
コメント：兄者がやってたら勝てたな

「お前ら辛辣過ぎだろ！　兄者ハラスメントすんな！」

コメント：兄ハラｗ
コメント：真の魔王からハラスメントを受ける自称魔王ｗ
コメント：兄ハラは草
コメント：バラモス定期

「誰がなんちゃってラスボスじゃあ！！！」

【八重咲紅葉、兄者】凸待ちという名の兄者モノマネ配信

誕生日の凸待ち配信。

トークデッキ

・八重咲の好きなところ

・誕生日に欲しいもの

・サンタをいつまで信じていたか

『もしもし？　兄者だが』

「話しかけないで下さい、あなたのことが嫌いです」

『――――――』

「もしもし？　兄者さん？　兄者さん!?」

コメント：切られたｗ

コメント：草

コメント：開幕そんなこと言ったらそら切られるｗ

かけ直し中……。

『……はい』

「なんで切るんですか!?」

『いや、切るだろ』

「挨拶みたいなものじゃないですか！」

『あれで挨拶とか中々だぞ』

「兄者さん、最近わたしに冷たいです。もう少し優しくなって下さい」

『お前の挨拶以上に冷たいことある？』

「とにかく今日はわたしに優しくして下さい！」

『愚妹のバカが感染《うつ》ったか……？』

『まぁ、おめでと』

「兄者さん兄者さん、ここはわたしのリクエストに応えるべきじゃないですか？」

『なんでだよ。こういうのってトークデッキがあるって聞いたんだが？』

「リ◯ァイ兵長、枢◯スザク、ペ◯ルギウス・ロ◯ネコンティ。あと——」

『それトークデッキじゃなくてお品書き』

『ガキ共、これは一体どういう状況だ』

「兵長ぉぉぉ！！！」

『いや、届いているよ、カレン』

「スザク！　スザク！」

『あなた、怠惰デスねぇ』

「ペ◯ルギウスぅ！！！」

コメント：さすがは兄者

コメント：クオリティが素人じゃねぇ
コメント：ザ・ビースト定期
コメント：つか何分やんだよw

三十分後。

『てか、時間取りすぎじゃねぇか』

「兄者さん！　あとクラウドと忍○メメと富○義――」

『その櫻井さんラッシュはなんだよ』

「あ……、そろそろ終わった方がいいですよね……」

『そうだな。あ、まて、愚妹も話したいとよ』

「あ、わたしも話したいです！」

『――……紅葉ちゃん～……』

「桜ちゃん！」

『長いよォ！！！』

「え……」

【春風桜】愚妹に入籍をバラされる兄者とスミレパイセンw
脱落でセリフ読み罰ゲーム。

マシュマロ
『ね、たまには一緒に寝よ？　……お兄ちゃん』

「これ、きっつ～……」
「ん、んん……『ねぇ、たまには一緒に寝よ？　……お兄ちゃん』」
「うぇぇぇ……」
コメント：てぇてぇ
コメント：尊死
コメント：俺がお兄ちゃんになることだ
コメント：無月《むげつ》すなｗ
コメント：姫のお兄ちゃん呼びはレア
コメント：死にそうな声しとるｗ
「あ～……なんかさ～、お兄ちゃんとか気持ち悪くない？」
コメント：ない
コメント：むしろ推奨
コメント：もっと呼んでもろて
「やだよ～。なんかブラコンみたいじゃん」
コメント：ブラコンでは？
コメント：それは禁句
コメント：お姉ちゃん呼びは？
「それ性別違うじゃん～。アタシお姉ちゃんいたことないし～」

コメント：呼んでみてー
コメント：お姉ちゃん呼び希望
コメント：姉妹で百合してけれ
「だからお姉ちゃんいたことないの〜。あ〜もう兄者じゃなくてお姉ちゃんが欲しかった〜」
コメント：どんなお姉ちゃんがいい？
コメント：ドS姉貴
コメント：それ兄者と変わらねぇw
「え〜どんな〜？　ん〜、優しいお姉ちゃんがいい〜」
コメント：パイセンか
コメント：パイセンだな
コメント：パイセンじゃん
「あ、パイセン？　あ〜優しいもんね〜スミレパイセン。お姉ちゃんのパイセン――ん？　違う、パイセンがお姉ちゃんだったら良かった〜」
コメント：今なんと？
コメント：お姉ちゃんのパイセン？
コメント：パイセンをお姉ちゃん呼び？
コメント：お義姉ちゃん
コメント：お義姉ちゃん

コメント：ということは兄者と……
「え、ちが、ね違う～、噛《か》んだだけだから～」
コメント：兄者が入籍したと聞いて
コメント：兄者入籍おめ
コメント：これからは春風菫か
コメント：兄スミてぇてぇ
コメント：はるスミだけでなく兄スミも生み出す神兄妹
コメント：てぇてぇ兄妹
コメント：スミレ様を頼んだぜ兄者
コメント：雪精がおるぞ
コメント：あとは本人確認だけだな
コメント：これはいい照れスミレが見れる
「ねぇ違う～！　兄者とパイセンまだ結婚してないって～！」

#俺のライバーアカデミア

「兄者～！　がんばれ～！」

「できるよ!!　兄者くんなら！」

隣から声援が飛ぶ。

愚妹もスミレさんも、純粋な気持ちで応援しているんだと理解できる。

危機的状況だ。

今まで配信でゲームをしていて、ここまで追い詰められたのは初めてだ。

銃声が鳴る。

悲鳴が重なる。

数秒後には生きているかも分からない。

この世界で、俺は孤独だ。

「兄者～がんばれ～！」

「がんばって！　兄者くん！」

ああ、そうだな。

俺は一人じゃない。

……一人じゃなかったはずだ。

俺が孤独なのは——ここにいる二人のせいである。

【荒野戦争】夜桜ゲームズ　魔王軍VS魔王一派【サイサリス・夜斗・グランツ、春風桜、吹雪菫、兄者】

「夜桜ゲームズ！！！」

「いえ～い！」

「よくぞ来たなお前ら！　現代に蘇りし魔王、P・S一期生のサイサリス・夜斗・グランツだ！」
「みんな〜、おはる〜。P・S二期生の春風桜だよ〜」
「そして、今回はこの二人を召喚するぞ！　来い我が眷属たちよ！」
「誰がだよ」
「みなさん、こんばんは。P・S一期生、吹雪菫です」
コメント：うおおお！！！
コメント：オールスター感
コメント：兄者ハーレムｷﾀ━━━━(ﾟ∀ﾟ)━━━━!!
コメント：兄者ハーレムは草
コメント：愚妹をカウントすると兄者からしばかれるぞ
コメント：誰か忘れてるな
コメント：八重咲ェ
コメント：豪華なメンツ
「ほら、兄者くん、挨拶しないと」
「あ、はい、兄者です」
「今回は、オレのリベンジマッチと行かせてもらうぜ！」
「夜斗くん、前は兄者に勝ててないもんね〜」

「一勝はしてんだよ！」
「前って、確かマ○オカートだったよね」
「成績は一勝十六敗。まぁ？　オレ全部二位だから完全な負けとも言えないけどな！」
「じゃあいいだろ……」
「そうはいかねぇんだ！」
コメント：諦めが悪いぞエセ魔王
コメント：やめとけ元魔王
コメント：お前はもう死んでいる
コメント：夜斗フルボッコで草
コメント：ラスボス交代済
コメント：兄者は裏ボス定期
コメント：兄者に勝てるビジョン見えないんだよな
ボロくそ言われてんな夜斗……。
俺また何かやっちゃいました？
今回のゲームは、『荒野戦争』。典型的なＦＰＳだな。
フィールド内で銃や弾、その他武装を手に入れて撃ち合うゲーム。
ソロ戦の他にチーム戦があり、最大で五人まで組める。
今回はトリオ、スリーマンセルでやるらしい。

「勝負は全国マッチにするぞ。十チーム内での順位で競う」

「チーム分けはどうすんだ？」

「普通なら二人ずつに分けるんだが、今回はタイトル通り魔王軍と魔王一派で勝負する！」

「その聞き慣れない団体はなんだよ……」

「今日はね～、アタシと兄者とパイセンチームだよ～」

「夜斗くんは一人で大丈夫なの？」

「夜斗くんのチームはリスナーに入って貰うって～」

夜斗のリスナーってことは、やっぱ強いんだろうな。

スミレさんも呼んだのはこの構図にしても文句を言われないようにするためか。

会話して連携が取れる利点を上手く使わねぇと。

コメント：俺達の出番か
コメント：配下集合
コメント：俺が俺達が魔王軍だ！

コメント：魔王一派は妹とパイセン？

コメント：嫁だろ
コメント：いつの間に入籍したん
コメント：主に姫のせい
コメント：セリフ読み罰ゲームの回

コメント：スミレお義姉ちゃん
コメント：姫がお義姉ちゃん呼びしたやつなｗ
コメント：あれは草生えた
コメント：とんでもねぇマシュマロ送ったやつおるなｗ
「よし、やってくぞ！　ルーム貼るから、至急集まれ配下共よ！」
「夜斗、ノリノリだな」
「これなら勝てる、って言ってたもんね～」
「兄者くん、私足を引っ張っちゃうかもしれないけど、ごめんね」
「大丈夫ですよ。二人で頑張りましょう」
「兄者？　アタシは？　アタシもいるよ～？」
「大丈夫だ。お前には何も期待してねぇ」
「こんのっ！　クソ兄者っ！」
「叩くな……」
コメント：二人で頑張りましょう
コメント：二人で頑張りましょう
コメント：二人で頑張りましょう
コメント：告白してるやん
コメント：告白は草

コメント：兄スミてぇてぇ
コメント：ガチ恋雪精がキレるぞ
コメント：パイセンは聖女なので問題なし
コメント：雪精のマナーの良さは聖女ゆずり

ぶっちゃけると、このゲームそんなに得意じゃない。

というかあんまりやったことがねぇ。

高校時代に二ヶ月くらいはプレイしたが、ＰＣのスペックが足りなくて引退してんだよな。

今のなら普通にできるかもしれんが、格安パソだとどうも反応が鈍いんだよあれ。

一応リーダーってことで、着地地点や降りるタイミングは俺に一任されている。

愚妹とスミレさんを連れて、ダイビング。

まずは無人の住居を散策して武器を調達だな。

「兄者くん、スコープと銃を合わせるのってどうするんだっけ？」

「え？」

「兄者、これどーやって拾うの？」

「は？」

「兄者！　やばい！　なんか人来てる〜！」

「ちょ、え、まさか未プレイとか言わねぇよな」

「ごめんね兄者くん。私、前に一回枠でやっただけで……」

「アタシは初めてやる～」
「正気か？」
コメント：初心者二人と魔王
コメント：ビギナーしかいないの草
コメント：夜斗チームはほぼガチ勢
コメント：配下の中でも精鋭来てるぞ
コメント：これはひどいｗ
コメント：パイセンどれくらいできる？
コメント：基本操作覚えてるくらい
コメント：姫は？
コメント：論外
コメント：初見プレイはやべぇｗ
コメント：なんでこの企画出たんだｗ
ほんとだよ。
マジかこの愚妹。
マッチングできてるってことはチュートリアルやってるはずなんだが、飛ばしたのか……？
このゲームはチームが全滅した時点で負け。
生き残った場合はキル数と生存ポイントで競うわけだが。

敵は九チーム二十七人。ビギナーが生き残れる世界じゃねぇ。

コメを見る限り、夜斗は本気で倒しに来てんだろうな。

戦力的に勝てる気がせん。

贅沢はいわないが、せめて俺と同じくらいのやつがもう一人は欲しかったわ……。

「今からお前に戦い方を教えても間に合わん。とにかく走り方のコツを教える」

「アタシも銃撃ちたい～」

「俺がお前を撃つぞ」

「……アタシ走る～！」

「スミレさん。今から武器渡すんで、マークしたポイントまで行って貰えますか？」

「うん、分かった。この建物の頂上でいいんだよね？」

最小限必要なポイントをそれぞれ教える。

愚妹には弾に当たらない移動方法。

スミレさんには狙撃のコツ。

「移動は覚えたな。よし走れ遊撃隊長」

「兄者～!?　なんかめっちゃ撃たれてるんだけどぉ!?」

「教えた通り走れ。足を止めるな。お前の実力なら逃げ切れる」

「春ちゃんって、そんなに上手なの？」

「運も実力の内です」

「ギャァァ！！！」

コメント：姫が暴走しとるｗ

コメント：圧倒的ビギナーズラックｗ

コメント：なんで当たらねぇんだよ

コメント：地味に木に隠れながら逃げてんだよな

コメント：これ初プレイでできる姫ヤバいのでは？

コメント：アドバイスしただけでこれをさせる兄者がヤバい

コメント：つかこれ囮《おとり》じゃね？

コメント：誘撃隊長

コメント：誘撃隊長ｗｗｗ

コメント：２６００円　身代金

コメント：８００円　身代わり金

「ねぇ兄者くん。春ちゃん、大丈夫なの？」

「あんな訳分かんねぇ動きを予測して撃つのはほぼできないんで大丈夫です」

「ちょ、兄者〜!?　助けてよ！　今当たった〜！」

「急所さえ避けりゃそうは死なん。スミレさん、東側に敵がいるんで狙って下さい」

「うん、頑張ってみる」

走りながらの撃ち合いは初心者には難しい。

逆にいえば停止射撃なら当てられなくもない。
スナイプ用の銃とスコープで、スミレさんには高所から敵を狙ってもらう。
撃ったら隠れるのヒットアンドクローズ戦法。
いい的になっている愚妹が敵を引きつける。
俺の役目はこの二人を守りつつキルを稼ぐことだ。
コメント：既に三チームが脱落
コメント：夜斗チームが強いな
コメント：兄者がうめぇ
コメント：三キル目
コメント：何気に連携取れてんのヤバ
コメント：姫の回避率がはぐれメタル
コメント：はぐれ姫タル
コメント：逃げる一択ｗ
コメント：パイセン初キルおめ
コメント：パイセンキルとったー！！！
「スミレさんナイスです」
「うん！　ありがとう」
「スミレさんがいて良かったですよ本当に」

「そ、そんなに？　そこまでじゃ、ないと思うんだけど……」
「いやいや、十分に上手いですよ。俺がカバーするんでどんどん撃って下さい」
「あ、ありがとう……あ！　でも兄者くんが死んだら負けちゃうから死なないでね」
「了解です」
コメント：流石は夫婦
コメント：てぇてぇ
コメント：早く式を挙げろ
コメント：10000円　結婚資金
コメント：5000円　結婚資金
コメント：入籍してるの前提で草
コメント：結構戦えてるな
コメント：これなら勝てるのでは？
悪いが、そんなに甘くない。
愚妹が逃げられるのはあくまでも遠距離戦だから。
中距離になったらほぼ確実にヘッドショットの餌食だろう。
俺もできるだけ近付く前に倒してはいるが、スミレさんと愚妹を両方守りきるのは不可能だ。
いずれは生き残った強チームに潰されるだろう。
どうにか対策立てねぇとな……。

「え……!?」

「スミレさん？」

「私、死んじゃった……？」

「裏から狙撃されたのか？　普通に上手いな」

「ごめんなさい兄者くん」

「俺の方こそ守れなくてすみません。仇《かたき》はとります」

「うん、頑張って！」

「うっしゃ！　まずは一人！」

「やっぱ夜斗か」

「ナイスだぜ首切りクリオネ！」

「お前じゃねぇのかよ」

「オレの配下はクソ強ぇんだよ！」

「そうか。とりあえず、首切りクリオネは俺が殺す」

コメント：パイセンー！

コメント：姫より先にやられるとは……

コメント：クリオネくん逃げて超逃げて
コメント：嫁を撃たれて兄者ブチ切れ
コメント：本気の魔王が来るぞ

コメント：兄スミてぇてぇ
コメント：魔王と配下では分が悪い
「愚妹。適当なとこに隠れてろ」

「走んなくていいの～？」

「二チームに囲まれてんだ。蜂の巣になりたくなかったら動くな」

「はい～隠れたよ～」

「一人でオレらに勝てるってか？」

「いや、俺はクリオネを潰せればそれでいい」

「オレは眼中にねぇってか！」

「兄者～！　がんばれ～！」

「できるよ！　兄者くんなら！」

建物を使いながら射線を切る。

夜斗チームは俺狙いだろうし、乱戦にするのも無理そうだな。

ならせめて、スミレさんの仇はとる。

コメント：兄者無双
コメント：クリオネぇ！

コメント：首切りクリオネさんが兄者にキルされました
コメント：三対一でキルとるのが兄者

コメント：とはいえ劣勢
コメント：さすがに分が悪い
コメント：夜斗とスナイプ常連配下相手じゃキツそう
ぶっちゃけきつい。

そもそも夜斗が上手いし、配下《リスナー》も手強《てごわ》い。

一応経験者のスミレさんが先にリタイアして、残るは戦力外の愚妹のみ。

「兄者～がんばれ～！」

「がんばって！　兄者くん！」

奮戦した方じゃないですかね。

この戦力差は、頑張ったくらいじゃ覆らん……。

「うっしゃあ！　兄者倒したぜ！　オレの勝ちだ！」

「さすがにきついか……」

「泣きの一回、やってもいいけどぉ？」

「――……いいのか？」

「勝ったって事実は残るわけだからな！」

「――……ひとつ聞きたいんだが、お前いつ勝ったんだよ」

「いやいや、あとは桜一人だし。さすがに負けるわけ――」

コメント：！！！

コメント：!?
コメント：夜斗が死んだ？
コメント：姫がやったのか？
コメント：姫って今日初プレイだろ
コメント：窓の外からヘッドショットできるわけなくね？
コメント：ビギナーズラックか
コメント：夜斗チーム全滅したぞ
コメント：運いいってレベルじゃねーぞ
コメント：明らかに狙ってやってる

「いえ〜い、勝ち〜」

「嘘だろ……桜がこんな上手いわけなくねぇか」

「ああ、俺の妹がこんなに上手いわけがない」

「兄者くん、今のはズルだと思う……」

「スミレさん。ルールで決まってないならこれは合法です」

「お前ら何しやがった!?」

「アタシのアカで兄者が撃ったんだよ〜」

「はぁ!?」

「バレなきゃイカサマじゃねぇんだよ」

汚ぇとか言うなよ？

最初からフェア性の欠片《かけら》もねぇ試合なんだし、これくらいは寛大な魔王様（笑）なら許してくれるだろ。

コメント：きたねぇｗ
コメント：だがなダービー定期
コメント：これだけ不利な勝負だしいいんじゃね？
コメント：むしろよくやったわｗ
コメント：兄者にはこれがあるんだよな
コメント：番外戦法
コメント：撮れ高は完璧
コメント：さすがは兄者

「ちくしょう……もう一回だぁ！」

「泣きの一回？」

「いや今のはノーカンだろ！」

「勝ちは勝ちだっての。もう一戦するなら条件がある」

「条件？」

「愚妹はお前のチームな」

「アタシのこと何だと思ってんの兄者ァ！」

「足手まといのバカ」

「うなアァ！！！」

「珍しい鳴き声してんな」

「私も足手まといじゃなかった？」

「そんな。スミレさんがいなかったら最初から諦めてましたよ」

「え……で、でもほら、私すぐに撃たれちゃったし」

「次は絶対に俺が守ります」

「あ、うん……よろしく……」

「てめぇらイチャついてんじゃねぇ！」

「兄者ぶっ飛ばす～！」

コメント：もっとイチャついてもろて
コメント：想定の倍褒めるの草
コメント：照れスミレてぇてぇ
コメント：リア充を撃て夜斗！

コメント：戦力半減
コメント：見張られてたら残機二戦法も使えないだろうしな
この後、夜斗と愚妹に配下が一人加わっての勝負となった。

こちらのチームにも一人をリスナー枠で募集。

試合はほぼ拮抗《きっこう》していたが、狙撃スキルが開花したスミレさんとリスナーが奮戦したおかげでどうにか勝った。

夜斗とタイマンしたら普通に負けだったな。

ナイスサポートです、スミレさん。

ところで、最速で枠に入ったリスナーの名前が『やえさき』なのは偶然だよな。

#ダンベル何キロ持たせる？

「ちくしょう！　兄者強えよ」

「夜斗も普通に強いと思うが……マ〇カーは運ゲーみたいなところもあるし」

「オレに運がねぇってか!?」

「まぁそう」

「おい！」

夜斗とは男同士ということもあってすぐに意気投合した。

今じゃ配信なしでゲームをする仲だ。

ゲーム関係なら話も合うし、なによりゲームが上手い。

純粋に対戦を楽しめる相手だからな。

今日も今日とて、通話しながらゲーム対戦している。

「そういや、この前の桜の配信見たか？」

「いや、見てねぇ」

「チェックとかしないのかよ」

「しねぇだろ、普通」

「ならまだ知らないのか。……面白そうだしほっとこ」

「また何か仕出かしたか？」

「自分で聞けよー」

「あそ」

こうなると絶対言わねぇんだよなこいつ。

「つか、何気に紅葉とかスミレとも仲良いよな？　兄者は」

「いや、アイツらくらいしかP・Sのライバー知らんし」

「そうなのか。あれと仲良くやれるって、兄者ヤベー奴だな」

「喧嘩売ってんのか」

スミレさんは天然入ってるけど、ただ純粋に優しすぎるだけだし。

八重咲も限界オタクだが、その辺に理解があればただの妹の友達だしな。

「別に普通だろ」

「どこがだよ！　紅葉はほら、あんなんじゃん」

「ひでぇな。ただの限界オタクじゃねぇの」

「あれがただのだったらオタク怖すぎるわ！」

「まぁ理解がなけりゃそら引くわな」

「それにスミレも、極度の天然恥ずかしがり屋コミュ障だし」

「天然は分かるが、あの人コミュ障か？」

「面と向かって話すのが苦手なんだよ。仕事とかなら別だが」

「あー、なんとなく心当たりがなくもないな」

だからポカポカされたのかな。

あれはコミュ障とかの話なのか分からんが。

真面目というか天然というか、雑談が苦手ってのが何となくの印象。

男友達とかいないタイプなのかね。

「やっぱスミレがダントツでヤベーと思うぜ？」

「俺からすれば、愚妹がぶっちぎりでヤベー奴だけどな」

「定期的にやらかしてるからな」

「二十四時間遅刻とか、バカとドジをどう合わせてもできねえだろ普通」

「けどよ、二十四時間待ったスミレもだいぶヤバくねぇか？」

「……それは、確かに優しいとかの域超えてるな」

「おかげでP・Sって他社Vとのコラボ少ないんだよ」

「そうなのか？」

「今言ったやつらとコラボしたいと思うか？」

「全く」

「だろー？」

言わないでおくが、夜斗も別に常識人側にはいないからな。

最近知ったが、こいつゲーム以外は結構ポンコツだ。

前に鍋をしようとした時には、危うく指の切り身が入った闇鍋になるところだった。

気配りとか人間的にはまぁできてるんだろうけど、所々でヤベー奴臭がする。

「まぁ？　スミレと夫婦とか呼ばれてる時点で兄者も大分ヤベー奴だ。あ……」

「おいこらその話詳しく話せ」

「本人に聞けよー」

「はぁ……またよく分からん理由で叩かれそうだ」

「叩く……!?　あのスミレが……!?」

「前にちょっとな。てか、そう考えると八重咲って意外にまともな方なのか」

「あいつは絶対にまともじゃねぇだろ！」

「いやほら、相対的に」

「まぁ、スミレに比べりゃ、そうか？」

「愚妹と比べたら常識人も良いとこだ」

「身内に対してひでぇ言いようだなー」

「それおまいう？」
数戦した後、ゲームを終えた。
……なんやかんや、配信参加からもう半年になってしまった。
ふと見た連絡先欄には、知り合うはずもなかった相手の名前が四人も増えている。
変人社長、狂人絵師、限界オタクに厨二《ちゅうに》ゲーマー。
思えば遠くまで、来てないよな？
大丈夫だよな？
俺までこの世界に入ってないよな？
まぁでも、退屈しないのは、悪くないのかもしれない。
ん？　ノック？
愚妹がノックするとか珍しい。
「兄者さん！！！」ガタン！
…………。
どっからツッコめばいいのか分かんねぇが……。
とりあえず、八重咲《こいつ》も十分ヤベー奴だわ。
【アドフィット】魔王を物理的に倒します【八重咲紅葉、春風桜、兄者】
「はーい！　みなさんやっはろー。P・S二期生の八重咲紅葉です！」
「お前その挨拶大丈夫なの？　色々と」

「わたしの挨拶は基本何でもありなんで」

「いいのかそれ……」

「おはる〜、同期の春風桜だよ〜」

コメント：やっはろー

コメント：ひゃっはろー

コメント：はろはろー

コメント：元ネタは俺ガ○ル

コメント：解説ニキ感謝

コメント：タイトルからして草

「今日は来てくれましたよ！　この人が！　兄者どーん！」

「今更だけどそれ恒例なの？　あぁ、兄者でーす」

「紅葉ちゃん、よくこれやったよね〜」

「これほんっとキッツいから。桜ちゃんも覚悟しといた方がいいよ」

「え、アタシもやるの……」

「つか、説明をしてくれよ」

「あ、はい！　今日は『アドベンチャー・オブ・フィットネス』をやっていきます！」

なにそれ、エピソード・オブ・アラバスタ的な？

誰かがバーサクするから言わんが。

コメント：アドフィット回は神回
コメント：開始５分からクライマックスのやつ
コメント：最初からクライマックスだぜ！
コメント：よくまたやる気になったな八重咲よ
コメント：45・５事件
コメント：ある意味歴史的な事件だったな
コメント：体重バレ草
コメント：やめたれｗ

アドベンチャー・オブ・フィットネス。

説明を聞く限り、フィットネス系のゲームだな。

リング型のコントローラーで、運動しながらクエストをクリアしてく。

運動メニューを機械的に進められるので、かなりしんどいんだとか。

ちなみにこのゲーム、最初にプレイヤーの筋力を測って調整するから負荷の差は無いらしい。

「夜斗くんが貸してくれたから三人分あるね〜」

「え、これ夜斗の？　壊してもいいのはありがたいな」

「壊す前提なんですか!?」

「もしもだよ。壊しても最悪事故で済ます」

「え？　鷹村《たかむら》さん？」

「これにまで反応すんのかよ」

コメント：はじめ◯一歩ｗ

コメント：壊しても構わん！　事故で済ます！

コメント：兄者ひでぇｗ

サイサリス・夜斗・グランツ：丁重に扱え！

コメント：兄者の配信毎回誰かおるｗ

コメント：やっちゃえ兄者

コメント：誰がバーサーカーやねん

コメント：むしろバーサーカーは八重咲ｗ

「誰がバーサーカーだぁ！」

「ほれ、やろうぜ。へぇ、ミニゲーム的なものもあるんだな」

「あ、はい。これやりましょう、兄者さん、音ゲーですよ」

「紅葉ちゃん、これ音ゲーって言わないやつだよね？」

「まず一曲完走がキツいんだよね……」

「そんなにかよ」

見本ってことで、八重咲からのスタート。

トンツーはリングを腕で変形させることで打つ。

叩き方は大きく三種類。

腕での押し込みと引っ張り。それとツーの長押しだ。

ツーは押し込みだけらしい。

「はぁ、はぁ、ふぅっ、くぅっ……ふぬぅ、くっ……」

「しんどそうだな」

「あれキツいよ〜……アタシ帰っていい？」

「なに？　二曲続けてやりたいってか？」

「言ってない〜！」

「はぅ、くぬぅ……はぅっ、くぅっ！　……ふぅ！」

「一応難易度はＭＡＸでやってんだっけか」

「これノーマルでもヤバいからね〜。コンボとか続くわけないじゃん」

「八重咲って音ゲー苦手だったりする？」

「いや〜紅葉ちゃんに苦手ジャンルほぼないよ〜？　スポーツもできるし〜」

「マジか。八重咲、実はスペック超高い？」

「ふんっ！　……はぅっ！　……くぬっ！　くんっ！　……ふぅんっ！！！」

「高いよ〜。何でもできるって感じだし」

「お前と友達ってのが信じらんねぇわ」

「はぁ……はぁ……友達、友達ねぇ……ハハッ……」

「え？」

「あ～あ～、兄者やった～」
コメント：八重咲涙拭けよ
コメント：それは禁句ｗ
コメント：八重咲は友達が少ない
コメント：はがないｗ
コメント：やめたげてよぅ
コメント：友達ができない
コメント：リスナーをお友達呼びしようとした女だからなｗ
やべぇ、地雷踏み抜いた。
まぁこんな性質持ってたら引かれるか普通。
あの夜斗にすらドン引きされてるわけだしな。
てか、どんだけ友達に飢えてんだよこの子……。
「いや、うん、なんかごめん」
「友達、できないんですよね……わたしこんなんなんで」
「情緒不安定過ぎないかこの子」
「ほらよく言うじゃん。女心は秋のトンボ？　って～」
「秋の空な。どんなニアミスだ」
「大体あってるじゃん～」

「八重咲、あれだ。逆に考えるんだ」

「ジョースターさん……？」

「あれで引くくらいのやつは友達じゃなくてもいいだろ」

「あ……トゥンク」

「いやトゥンクじゃねぇよ」

「兄者～？　それだとアタシも友達じゃなくなるんだけど」

「引いてたのかよ」

「諦めてた～」

コメント：トゥンクｗ
コメント：兄者何気に優しいな
コメント：兄者口説いてるｗ
コメント：浮気か？　浮気なのか？

コメント：嫁に報告だな
コメント：切り抜き班はよ
なんかコメントが加速してんな。

まぁいいか。

「次俺だな。当たり前だが知ってる曲がねぇ」

「兄者さん、とりあえず最難関いきましょ？」

「それでいいか。うし――」
「「へ……？」」
コメント：!?
コメント：!!
コメント：やばw
コメント：兄者ヤバい
コメント：なんでコンボが繋がるんだよw
コメント：ここからが難関
「え、は？　兄者マジ……？」
「これ、コンボが繋がるゲームだっけ……？」
「なんであれでパーフェクトでるの？」
「兄者さん、何者……？」
「つか長くないか？　これフルなのかよ」
「そうですけど、ぇぇ……」
「兄者、なんかヤバい。はぁはぁ言ってないのがヤバい」
コメント：八重咲の方が引いてんじゃねぇかw
コメント：姫の語彙力w
コメント：いや本当にヤバい

コメント：フルコンボ!?
コメント：フルコンとか初めて見たぞ
コメント：異形《いぎょう》な偉業
コメント：偉業ってより異常ｗ
「兄者さん、え、人間？」
「何その質問」
「なんでできるの兄者……？」
「音ゲーは中二で極めたからな」
「え、なんですか？　キルアですか？」
「六歳でダーツ極めてねぇよ」
「音ゲーじゃなくてもこれキツくないの～？」
「流石に一曲じゃへバんねから」
コメント：バケモンｗ
コメント：これ音ゲー以前の問題だろｗ
コメント：どんなフィジカルしてんだよ
コメント：てか初見でフルコンしてるのがもうやべぇ
コメント：さすがは兄者
コメント：これ倒れんの兄者じゃねぇな（確信）

けど、一曲でもかなり効くな。

もう何回かやったら筋肉パンパンになりそうだ。

八重咲もよくやるわ。

「ほれ、次愚妹」

「やりたくない～……」

「一曲じゃ足りないか？」

「はいやろ！　すぐやろ～！」

「そう言えば桜ちゃんって運動とかするんですか？」

「いや全然」

「ふん！　……はぁ！　くぅ！　……んぬぅ！　んんっ……！」

「あー、キツそうですね……」

「まぁ運動不足だし丁度いいだろ」

「兄者さんは運動してるんですか？」

「ランニングくらいはな」

「はぁ……はぁ……くんっ！　……ぬぅっ！　ふぎゅぅ！」

「どっから出してんだその声……」

コメント：姫ｗ
コメント：姫鳴がすごい

コメント：ひめいｗ
コメント：姫虐助かる
コメント：ゲームするだけで姫虐になるの草
「さっき言われて思ったんですけど、兄者さんって友達います？」

「え、喧嘩売ってる？」

「いやいや、そうじゃなくて。兄者さんもオタクって感じじゃないですか」

「あーそういう。まぁ普通に同期とか同窓のメンツとかいるぞ」

「そうなんですね……はぁ……」

「自分で聞いて落ち込むなよ」

「少しは！　はぁ……はぁ……こっちに！　はぁ……はぁ……反応！　……してよ～！！！」

「けどあれだ。ゲームとかアニメの話はガッツリしない奴らだ」

「そういう友達もいるんですね……」

「いや、浅く広くだとそんな楽しくねぇぞ？」

「そうですか？」

「ちょっとクセが強くても趣味が合うやつの方が、一緒にいて楽しいもんだ」

夜斗とかな。

コメント：また兄者が口説いてるぞ
コメント：浮気現場

コメント：修羅場もいいとこｗ
コメント：スケコマシ兄者
コメント：嫁から怒られるｗ
コメント：まず雪精に焼かれるぞ
コメント：雪精に焼かれるとかいうパワーワード
「え、あ……なんですか口説いてるんですかちょっと本気でトキメキかけたけど色々複雑なので出直して下さいごめんなさい」
「それネタ知らないとマジでフラれたみたいなるからやめてね」
「ぬがァ！！！　……はぁ……はぁ……ぜェ……ぜェ……」
「落葉さん達なら大体理解してくれるから大丈夫ですよ」
「そうか？　……ん？」
「どうかしましたか？」
「いや、ちょっとコメントによく分からん内容があってな」
コメント：元ネタ俺ガ〇ル
コメント：有識落葉ニキあざ
コメント：兄者ってあんまりコメント読まんよな
コメント：本職じゃないからな
コメント：嫁参戦希望ｗ

コメント：誰か姫にリアクションしてやれよｗ

「ちょ……ほんと……つかれ、たぁ……はぁ……はぁ……」

「嫁ってなに？　オタク的な意味か？」

「いや、多分スミレ先輩のことじゃないですかね」

「あの人結婚してたんだ」

「いや、してないと思いますけど」

「どういうことだ」

「なんか兄者さんとスミレ先輩がイチャついてるって噂があって」

「あぁ、なんかあったよな。誰だ発信源は」

コメント：姫

コメント：姫や

コメント：姫やで

コメント：春風桜

コメント：愚妹

コメント：春姫

コメント：あなたの妹さん

コメント：２４００円　身代金

コメント：５０００円　身代金

「へぇ」

「はぁ……はぁ……あぁ……。え、兄者？」

「なぁ愚妹。人に迷惑はかけんなよ？」

「え？　あ、うん。どしたの？　急に」

「とりあえず、もう一曲いっとくか？」

「え……？」

「八重咲、いいよな？」

「あ、はい……」

「え、兄者？　なんで怒ってんの？」

「なんなら二曲くらいやってみるかー？」

「ちょ、え？　え、な、なんでぇ～！！」

この後、三曲やらせた。

#男性VTuberの日常

「もう帰りかー？」

「倉元《くらもと》、何か用か？」

明日が土曜だと思うとテンションが上がるよな。

本日の営業も終了ってとこで片付けてたら、同期に会った。

「飲み行かねー？」

「先約がある」

「へー、隅におけねーな。彼女か？」

「まさか。ゲーム仲間だ、と思う」

「なんだそら」

「……そういや、お前VTuber好きだったよな？」

「まーなー。なに、ついにこっち側に来たかー？」

「いや、違うが」

別にVTuber見てないし推してない。

なんなら出てるなんて言えないし言いたくない。

「ならどーしたよ？」

「いや、VTuberのスパチャ読みってあるだろ？　あれ嬉しいんかと思ってな」

「そりゃ嬉しいだろー。推しに名前呼ばれんだぜー」

「でも偽名だろ」

「十分だってー。お前もプレイヤーネーム呼ばれたら自分だって思うだろー？」

「あぁ、なるほど」

「おれは名前呼ばれたくて必死よ。おれは誰とだって戦えるっ」

その努力の結晶たるスパチャがプリンに錬成されてる可能性があるのか……。

まぁ本人がいいならいいけども。

「色々見てるけどさー、プリズムシフトって事務所の四天王が最高なんだわ」

「へぇ」

「特に夜斗と姫……ああ、春風桜なんだけど姫って呼ばれててさー」

「おん」

「いやー、二人のいじられキャラが鉄板なんだわー」

「ふーん」

やべぇよ、こいつあの二人推してんのかよ。

いいの？　お前の給料、プリンとゲームに等価交換されてるよ？

「ん、まて、四天王って言ったよな？」

「ああ、あと二人はなー、八重咲紅葉と吹雪菫っていってさー」

「……へぇ」

「お前アニメ観るよな？　八重咲はアニメとかめっちゃ好きだし、一回観てみろよー」

「あー、気が向いたらな」

観る、どころか会ってんだよな……。

まぁリアルで会いたいのとはまた違うのかもしれんが。

しかしあの四人、四天王とか呼ばれてたのか。

偶然知り合ったのが偶々《たまたま》四天王ってどんなんよ。

俺は主人公か何かか。

しかし統一性のないメンツだな。何基準だよ。

なんだろ、ヤバさか？

「でなー、四天王の創設者の兄者ってのがまた良くてさー。ゲームがめっちゃうめぇのよ」

うわー、俺のせいだったー。

偶然にしてはできすぎだと思ったけども。

つか俺、創ってはないだろ。

リスナーが勝手に言ってんだろうな。

マジで俺は巻き込まれて配信に出てる感じだし、俺は悪くないよな？

「スパチャといえば、もうすぐボーナスだなー。お前何に使うー？」

「決めてねぇな。倉元は？」

「推しに貢ぐに決まってんだろー」

「まぁそうな」

「ゲームとか買わんのー？」

「最近忙しくてやる時間が取れなくてな」

「そうなのかー。荒野戦争一緒にやってみてーのになー」

「お前確か全国ランカーとか言ってなかったか？」

「まぁなー。やりたくなったら言えよー」

「暇になったらな」

暇か。

最近はどっかのバカな妹のせいで、一人でゲームするってことが減った。

たまには黙々とやりたくもなる。

俺は元々ソロプレイヤーなわけだし。

イキってもないしイキリトでもないからな？

まぁ、人とやるのも悪くはないが。

つーわけで帰宅だ。

今日は四天王さんに配信はないからオフだ。

いや、仕事でもないんだけども。

夜斗が夕食含めて遊びに来ると言ってたな。

材料は買ってくるって言ってたが、何食わす気だ？

あいつの作る料理はあんまり食いたくないが……。

「たでーまー」

「あ、おかえりなさい、兄者くん」

ドアを閉めた。

多分音を置き去りにした。

……何事だ？

何故ドアを開けたらスミレさんがいる？

しかもエプロン姿で包丁持って。

帰る家間違えたか？

混乱中に向こう側からドアが開けられた。

「えっと、ごめんなさい？」

「なんでいるんですか」

「誘われて……」

「なるほど。じゃあ、その右手に持ってる凶器と装備してるものは一体？」

「あ、うん、キッチン借りてたの。でね、車の音で兄者くんが帰って来たのは分かったんだけど、他の皆が忙しそうで出迎えれそうになかったから……」

「慌てて出て来たから包丁を持ったままだったと」

「うん、迷惑だったよね……？」

「うっかりどこでもドア開けたかと思いましたよ」

「あ、ドラ〇もんのあれね」

どうでもいいが料理中に手が離せるのか。

他のみんなはゲームでもしてて手が離せなかったってことだろう。

「俺の部屋に集まってんのかよ」

「春ちゃんが広いからって。あ、それでね、私も止めたんだけど――」

「あ、兄者さん！　おかえりなさいです！」

「狭い部屋に大勢で……」

「いえ～い、勝ち～。あ、兄者おかえり～」

「誰だ企画者は。夜斗だけのはずだぞ」

「夜斗くんが呼んだって言ってたよ～」

「え、さく――痛っ！　いやオレが悪かった！　兄者、ギブ！　ギブだって、タップしてる！　頭つぶれる！！！」

　夜斗にはアイアンクローで勘弁してやった。

　そしてスミレさんはキッチンに戻った。

　まぁ呼んでしまったなら仕方ない。

　流石に五人も集まると狭いが、飯を食う位ならできなくもないだろう。

「で、なに食うんだ？」

「ああ、それはな。皆で一品ずつ作って食おうと思ってな」

「なるほどな。それでスミレさんが今作ってると」

「そういうこと」

「けど先に作ったの冷めないか？」

「確かに一人一人だと時間くうか……」

「こんなこともあろうかと！　わたしこんなものを持って来たんですよ」

「紅葉ちゃん、これクジ～？」

「二人一組になって一組一品にしませんか？」

「面白そうだな！」

「さんせ～」

「なんだそのぐら○ぶるシステム」

「さすが兄者さん！」

目をキラキラさせんな。

まぁ異議もないし、クジを引いた。

俺と夜斗、愚妹と八重咲チームだな。

夜斗と愚妹が組まなかったのは運がいい。

「ところで八重咲は料理できんのか？」

「任せて下さい！」

「そうか。じゃあ、頑張れ」

「え、それってどういう……？」

「みんな、できたよー」

「パイセンの料理だ～」

「卵焼きか！　美味そうだな！」

「冷めても美味いしな」

「うん！　自信作だよ。それで、次は誰の番なのかな？」

「八重咲と愚妹です。時間もあれなんでペアでやることにしました」

「あ、そうなんだ」

「そういやさ、桜って料理できんの？」

「逆に聞くが、できると思うか？」

「いや……え、全くとか言わないよなさすがに」

「まぁそれなりにはできるんだが……」

「ちょ桜ちゃん!?　なんで鍋に油入れてるのっ!?」

「……なんか、紅葉の叫び声が聞こえたんだが」

「そういうことだ」

あいつはたまに、いや大体よく分からんことをする。

で紆余曲折《うよきよくせつ》あって作り上げる。

その上高確率でやらかすからな。

食えるもんが出てきたら大当たりだ。

この前とか、生姜焼きがただの炭素だったし……。

あとは八重咲の頑張り次第ってとこだな。

「二人とも、大丈夫かな……？」

「無事に帰って来て欲しいですね」

「料理中に心配することかそれ⁉」

「つか、何作るとかは聞いてないのか？」

「あ、八重ちゃんはハンバーグだって言ってたよ」

「愚妹は？」

「紅葉の手伝いだろうなー。桜は材料買ってないし」

それもそうか。

というか、一人一品なら愚妹はなに作るつもりだったんだか。

「……なぁ、兄者。腹減ったし、先にちょっとつまもうぜ？」

「卵焼きか？　まぁ結構量あるしな。スミレさん、いいですか？」

「うん、もちろん！　食べて食べて」

「「いただきます」」

「どう、かな……？」

「…………」

「……うまいです」

「ほんと？　よかったぁ」

(おい、これ卵焼きだよな？　なんでチョコの味がするんだ？)

(スミレは基本的には料理できるけど、三回に一回やらかすんだ……)

（先に言えよ）

（言うタイミングなかっただろ！）

ま、まぁ、独特な隠し味と思えば、食えなくはない。

砂糖18gなんてレベルじゃないほど甘いが……。

小一時間して、戦士達が帰還した。

八重咲は、ボロボロだった。

タンクとアタッカー一人でやったくらいボロボロだった。

その目からは二度と愚妹と一緒にキッチンには立ちたくないという強い気持ちが感じられた。

「八重咲、おつかれ」

「桜ちゃんって、何なんですかね。ハンバーグって言った瞬間にチーズ入ってるやつって言うし……」

「作る前から難易度上げてきたのか」

「何故か卵と一緒に牛乳と上白糖を出してきたり……」

「それって、プリンのレシピ、じゃないかな……？」

「フライパンは出してあるのに鍋に油入れたり……」

「結局桜は何を作る気だったんだ？」

「もう、本当に、頑張りましたよ……」

「八重咲、おつかれ……」

しかし、そんな愚妹の面倒を見ながらチーズＩＮハンバーグを完成させた八重咲はすごい。

少しは労《ねぎら》ってやろう。

ただ、その前に俺も大変なんだがな。

「で、夜斗。何を作るんだ？」

「前菜と主食が出たし、あとデザートだろ？」

「デザートって……お前、作れるんだよな？」

「当たり前だろ。ホットケーキくらい作れるっての」

「それくらいなら安心だな」

ホットケーキならそんなに時間はかからないだろう。

フライパンも二つ展開できるしな。

俺は、サラダとつまめるものでも作るか。

ちなみに女子チームは先に食べている。

さすがにチーズＩＮハンバーグを冷めさせるのは八重咲に悪い。

愚妹は悪い。

「フライドポテトは冷凍のがあるからそれで……」

「兄者、この火ってどうすればいい？」

「弱火にしろよ」

「いや、火っていうか炎なんだけど」

「弱炎にしろよ」

……いや、ＩＨのはずなんだが。

火加減はともかく炎加減はおかしくね？

「……なんでフライパンの上から火が出る？」

「いや、油かと思ってこれ入れたんだけど……」

「おい、その酒どっから出した」

「置いてあったんだよ。桜が使った後かと思ってたんだけどさ」

「結構高めのやつじゃねぇか」

家のどこにこんなものが……？

炎はさっさと消火して、デザートが完成。

談笑しながらの食事だったため、メインディッシュが食べ終わる前にサラダが届けられた。

八重咲には功労賞ってことで、コ○ドギアスのポスターを一つ贈った。

ザ・ビーストするくらいには喜んでたな。

「で、何故か酒があってホットケーキなのにフランベしててな」

「あ、お酒！　忘れてた！　ごめんなさい」

「パイセンお酒持って来てたの〜？　飲みたい〜」

「未成年はジュースだ」

「えぇ〜」

「お前は水な」

「夜斗くん～コーラ取って～コーラ好き～」

「酒、取ってきますよ」

「ありがとう兄者くん」

何故か夜斗も付いて来た。

「なんだよ」

「あんまりスミレに飲ますなよ？」

「弱いのか？」

「いや、量は飲めるし意識もハッキリしてる」

「じゃあなんだよ」

「ただ規定量を超えると記憶が飛ぶ」

「そうか。気を付ける」

即寝落ちすんのかな。

……とか、そんなことを思っていた。

「ふふん……兄者くぅん……んっく……」

絡み酒か……。

しかもこれで記憶飛んでるとか、いや覚えてないだけ幸せか？

あれから約二時間が経った。

愚妹はこういうのが楽しかったらしく、はしゃぎ過ぎて疲れていた。

八重咲も軽く六ビーストはしてたし、愚妹とのクッキングはさぞ効いただろう。

今は二人して俺のベッドに寝かせている。

夜斗は早々とダウンした。

スミレさんの持って来た酒が結構強かったし、こいつは元からそんなに飲めんからな。

今思えばあの忠告は遺言だったのかもしれない。

「兄者くんも……のもぉ……よ……？」

「飲んでますよ。コーラですけど」

「えぇ……ほらぁ、わらしがこれぇ……持って来たの〜……」

「はいはい知ってますよ」

「……何やってるんですか？」

「おお、八重咲起きたか」

「何イチャついてるんですか？」

「いや一方的に絡まれてんだけど」

「先輩ばっかりズルいです！」

「何を言って……」

俺の正面には夜斗が寝ている。

その奥にはベッドがあり、愚妹と八重咲が寝ていた。

八重咲が起きて、その手にはグラスが一つ。

夜斗の前にあったグラスがない。

寝起きでグラスを取り間違えたとしたら……。

「お前、飲んだな」

「なんですか！　先輩は特別ですか！　嫁ですか！」

「とりあえず落ち着け八重咲。そのグラスを置こうか」

「わたしはずっと友達ポジですか！　ツンデレ幼馴染青髪負けヒロインですか！」

「お前自分でも何言ってるか分かってねぇだろ……」

「こっちはアタックしてもネタ扱いだし！　ゲームしたらいじわるだし！」

「わかったわかった、聞いてやる聞いてやる」

夜斗も中途半端に残すなよな……。

そっからは八重咲のよく分からん文句を聞き流す時間だった。

八重咲が力尽きた頃には、スミレさんも寝落ちしていた。

そして誰もいなくなった。

「兄者～、おつかれ～」

「起きてたのか？」

「んん、さっき起きた～」

「そか」

こいつら交代で起きる約束でもしてたのか？

ベッドから起き上がる気はないらしいが。

「兄者ってモテるんだね～知らなかった～」

「モテねぇよ。二人とも酔ってるだけだろ」

「うわ～そういうとこだよ兄者～」

「うるせ」

「ま～、兄者の事好きとか聞いたら引くけどね～」

「同感だ。そういや、お前の事推してる知り合いがいるんだよ」

「そうなん？　どう思った～？」

「引いた」

「だよね～知ってた～」

つたく、うぜぇやつ。

……お互い様か。

客が全員寝たし、お開きだろう。

「片付けるぞ。手伝え」

「は～い」

「お前は飲むなよ」

「分かってるよ～。兄者こそ悪いことしちゃダメだよ～？」

「するかっての」

「酔ってるパイセンとか可愛くなかった～？」

「ギャップ萌えには慣れてんだよ」

「なにそれ～」

「つか、二人に酔ってた時のこと言うなよ？」

「え？　なんで～？」

「可哀想だからな」

二人とも、うっかり死んじゃいそうだからだよ。

こんなんあったら俺でも死にたくなるし。

被害者だもんな。

「お前、あとで皿洗いな」

「なんで～兄者やってよ～」

「今日の主犯はお前と夜斗の二人だろ」

「え、なんで分かったの!?」

「ほう。やっぱり」

「あ……ねぇズルい～！」

結局、全員泊まりになった。

八重咲とスミレさんは愚妹の部屋、夜斗は俺の部屋に寝かせた。

今日一番はしゃいでたのは愚妹だしな。

何となく察してはいた。

二人を直接呼んだのは夜斗だろうが、相談無しにするほどあいつはバカじゃない。

ヤベー奴ではあるが。

言い出しっぺは愚妹だろうな。

おかげで二人分の黒歴史を生み出す結果になったじゃねぇか。

……まぁ、たまにはいいか。

デコピンで勘弁してやろう。

#ライバーキング

P・S四天王が一堂に会した次の日。

円卓会議でも魔王軍幹部集会でもないのに集まった彼らは、寝ていた。

八重咲以外。

もう昼だぞ……。

「みんな、朝弱いんですね」

「お前はなんで起き上がれんだよ……」

「どういうことですか？」

「いや、平気ならいいんだが」

昨日あれだけ荒れて、一晩で回復するもんなのか……。

「あ、そうだ兄者さん！　昼食作りません？」

「別に構わんが。……なんかあるな」

「実はずっとやってみたかったことがありまして」

「それ、作りたい料理とかじゃねぇな」

「兄者さんじゃないとダメなんです……兄者さんにしか頼めないんです！」

「あー、とりあえず、表現は選ぼうな」

【ババ抜き】魔王一派最弱王決定戦【春風桜、八重咲紅葉、吹雪菫、サイサリス・夜斗・グランツ、兄者】

「みんなでババ抜きするぞ～！！！」

「「いえーい！！！」」

「はぁ……」

コメント：テンションの差よ
コメント：魔王一派オールスター
コメント：全員集合
コメント：何気にフルメン初では
コメント：で兄者がずっと王様？

コメント：それゲームじゃなくて日常ｗ

ほんとに8時に全員集合しやがった。

ちなみにオフコラボじゃないからな。

昼飯を食った後に解散し、今はディスコ◯ドで繋ぎながらの配信だ。

……なんか、そういう知識がどんどんついてきてる気がする。

今回は、ババ抜きか。

ご存知パーティー大戦でプレイする。

ワンゲームごとにビリが罰ゲームらしい。

またマシュマロ読まされるのかね。

「兄者〜、ハンデど−する〜？」

「このゲームでハンデとかどうやんだよ」

「あ、手札読みあげるとか？」

「スミレさん、それゲームにならないですから」

「そう、だね、ごめん」

「いや、いいですけども」

「まぁ？　かなり運要素デカいしいいだろ」

「そうですね！　はやくやりましょう！」

コメント：ババ抜きでハンデは草

コメント：兄者ババ持ちスタート固定
コメント：ババ抜きでリセマラｗ
コメント：夜斗そのセリフはフラグ
コメント：お前が運を語るな
コメント：自販機で一回もジュース当たったことなさそう
コメント：おみくじ末吉しか出なそう
コメント：財布の札だけ落としそう
コメント：不運大喜利はじまっとるｗ

「んなことあるかぃ！」

「ほれ始めんぞー」

「兄者～、ババ持ってる？」

「それ聞かれて答えると思ってんのかよ……」

「あ、わたしからですね。夜斗さん、引かせてもらいます」

「うっしゃこい！」

「あ、やりぃ！」

「いきなり揃うんだ」

「夜斗くんすご」

「さすがだわ」

「うっせーわ！」

コメント：草

コメント：揃うんかいw

コメント：これが不運の自称魔王

コメント：不運の夜斗

コメント：幸運の八重咲

コメント：幸運は姫だろ

コメント：八重咲は狂戦士

コメント：バーサーカーソウル！

そっからは、まぁ順調だな。

やや愚妹とスミレさんの手札が少ないくらい。

未だにジョーカーがこないあたり、誰かのところで止まってそうだ。

ちなみに夜斗↓八重咲↓俺↓愚妹↓スミレさんの順。

「結構続くね」

「そうですね。夜斗の手札が減らねぇな」

「兄者と枚数は同じだろ！」

「初期枚数が違うっての」

「兄者～、8ちょうだい」

「はやくジョーカー引けよ」

「え持ってんの!?」

「さぁ？」

「怖いんだけど！　ねぇパスってあり～？」

「それメリットないぞ」

「うわ～ん！」

コメント：ブラフか？

コメント：四分の一で姫が引くわけない
コメント：謎の信頼草
コメント：八重咲もうすぐ上がりそう
コメント：引く相手が夜斗なら当然
コメント：存在が接待
「いえーい！　あがりー！」

「おめでとさん」

「兄者さん、何してくれます？」

「いやそういうルールはないから」

「ちっ」

「ちょっと？　なんで勝って舌打ちしてんの？」

「兄者くんと八重ちゃん、本当に仲良いよね」

「そうですかね？」

「今日も一緒に料理してたじゃん」

「え、あー、あれか」

「待て待てお前ら、なんの話だ？」

コメント：どういう事だ
コメント：一緒に料理をしてる二人を見てるパイセン？

コメント：何があった
コメント：kwsk
コメント：詳細求む
「あ～、えっとね～。昨日みんなでお泊まりしたんだよね～」

「その話すんのかよ」

「え～？　しよ～よ。面白かったじゃん」

「そう、それでね。私お昼くらいに起きて、兄者くんと八重ちゃんがいないから捜してたらキッチンにいたの」

「オレらは寝てたから知らん話だな」

「だな～」

「何作ってるかなーって思ってみたらね。お好み焼き作ってたの。それで、その動きっていうか作り方がなんかすごくて」

「すごいって、どんな感じだ？」

「なんかこう、マヨネーズとか油とか投げ合ってた」

「それは、料理、なのか……？」

「キッチンで遊んじゃダメだよ～」

「それは桜ちゃんだけには言われたくないなー」

「あれはネタなんですけどね」

「楽しかったですよね！　兄者さん」

「まぁ、うん、そうな」

コメント：投げ合ってたw

コメント：喧嘩してたんか

コメント：ぐら○ぶるネタか

コメント：リアルでやってんのかよw

コメント：仲良くお好み焼き作ってる二人

コメント：やえ兄てぇてぇ

コメント：それを陰から見てるパイセンは正妻？

コメント：正妻の余裕

コメント：やえ兄に見せた兄スミだった？

やってみたかったらしい。

相手がいないとできないし、それ以前に理解して貰わないといけないもんな。

何よりそれを提案して引かれないのが前提。

そらハードルも高くなるか。

「あ、やった、あがり！」

「スミレ先輩いえーい！」

「い、いえーい！」

「パイセンもあがった〜！　あ、じゃあババ持ってるの夜斗くん？」

「じゃあってなんだよ！」

「まぁ夜斗だな」

「だからなんでだよ！」

「演技はできるけど嘘は下手なんだよ、うちの妹は」

「いじわるだけど意味ない嘘は言わないんだよ、クソ兄者は」

「……なんだこの兄妹」

「仲良いんだね」

「たまーに仲良いですよねこの二人」

「いつも良いと思うよ？　あーいいなー」

「スミレ先輩、姉か弟か欲しかったりします？」

「え、なんで分かったの⁉」
「これはもう、チタンダエルですね！」
「チタンダエルだな」
「なにそれ？」
「天使か何かかぁ？」
コメント：私気になります
コメント：本人に伝わってないｗ
コメント：パイセンが千反田は解釈一致
コメント：半ビーストｗ
コメント：姫視点だけどやっぱババは夜斗だな
コメント：このまま一生動かなそうｗ
コメント：ババ「実家のような安心感」
コメント：運ゲーで夜斗が勝てるわけないんだよな
コメント：豪運の姫が残ってる問題
コメント：おいそれフラグ
コメント：あ……
「えぇ～！！！」
「うっしゃあああ！！！」

「よく勝ったな」

「夜斗くん、おめでとう」

「見たかスミレよ！　これが魔王だ」

「あ、その設定まだ生きてたんですね」

「設定って言うな！」

「で、愚妹、罰ゲームらしいが」

「……ねぇ兄者、こういうのなんて言うんだっけ？　デジ〇ン？」

「デジャブな」

「「なんで分かるの!?」」

コメント：姫の罰ゲームといえばあれか
コメント：マシュマロ読みだな
コメント：姫のマシュマロ罰ゲームセリフで埋まってそうｗ
コメント：付き人にすら姫虐されてるの草
コメント：一番萌えるのを頼む
「……ねぇこれはダメでしょ!?　ダメなやつでしょ～！！」

「もういいから、さっさと終わらせてくれ。マジでしんどいから。内容が」

「はーい、じゃあ桜ちゃんの罰ゲームセリフまで3、2、1、ドンッ！」

「兄者、膝枕して～」

「やべぇ、吐く」

「そんなに!?」

スミレさん、これキツいんす。

だからさ、誰の罰ゲームなのこれ。

せめて俺のいない所でやってくれよ……。

「ただのブラコン台詞じゃなくてブラコンな桜ちゃんって台詞なのがまた効きますね」

「笑えねぇ……」

「なんで兄者くんも嫌がってるの？」

「リアル妹に言われるのはキツいらしい」

「そうなんだ」

「旧劇の量産機戦闘シーン並にキツい」

「うわぁ、それはキツいぃ……」

「ごめん、度合いが分からない……」

「むしろなんで紅葉は分かるんだか」

「はやく次のゲームやろ～」

コメント：尊死
コメント：姫虐すると兄者にダメージ入るんだな
コメント：ブラコン姫も見たい

コメント：シスコン兄者のセリフまだ？

コメント：兄者にセリフを読ませる方法が浮かばねぇw
んで、二戦目。

愚妹が速攻であがった。

序盤はほぼ運ゲーだし、心理戦できるのはタイマンの時だけだもんな。

その後、俺と八重咲が抜けて、魔王さんと女神さんの対決だ。

「むう……夜斗くん、どっちがババ？」

「フッ、左だ」

「むぅ……」

「これで引かれなかったら夜斗さんからババ不動ですね」

「笑ってやるな」

「夜斗くん弱〜」

「それにさっき負けたのお前だけどな」

「もうわかんないから、えい！」

コメント：勝った！

コメント：第三部完！

コメント：素直に右を引くパイセン
コメント：夜斗が正直に答えたと？

コメント：策士策に溺れるか
コメント：こいつ悪魔の実食ったレベルで溺れてんなｗ
「罰ゲームかぁ、オレのセリフとか需要あんのか？」

「ないな」

「即答はやめてくれよ……」

「罰ゲームって特に何をするかって決めてなかったんだっけ」

「どうします？　あとでアドフィット五時間耐久とかします？」

「死ぬわ！　つか紅葉、どっかの誰かからサドが伝染ってないか」

「紅葉ちゃんたまに怖いこと言うよ〜？　ヤンデレっていうか闇？」

「なにそれ怖ぇ」

「とりあえず、最弱王名乗るでいいんじゃねぇの」

「ならオレに負けた桜こそだろ」

「一勝一敗だしもう一回やっとくか？」

「なんでアタシたちが負けること決まってんの〜!?」

コメント：頭よわよわの姫と運よわよわの夜斗だもの
コメント：パイセンも心理戦よわよわだけどな
コメント：タイマンで勝てたのは奇跡
コメント：つか、兄者と心理戦なったら勝てるやつおるん？

コメント：八重たんと兄者のタイマンきた！

「兄者さん、わたしが勝ったら罰ゲームどうします？」

「そうだな。当分、俺配信自粛するわ」

「それ兄者さんが休みたいだけですよね!?」

「むしろ出まくって貰うか？」

「それなら、みんなの配信に出るっていうのは？」

「いいですねそれ！」

「よっし、勝て紅葉！」

「なんでいきなり俺対他の全員になってんの」

「兄者、大丈夫だよ〜」

「愚妹……」

「いつも兄者対他だから〜」

「よし、愚妹、殴るぞ」

「タンマ！　ね、ほらゲーム中だよ〜、うん。そう、だからグーはやめよ？　ね？」

「それじゃあ、こっちにしようか――」

「ちなみに、八重咲。俺が勝ったら渡したポスター回収な？」

「……え!?」

コメント：止まったw

コメント：ポスターってなんぞ
コメント：プレゼントを回収するなよｗ
コメント：動揺しとるなｗ
コメント：八重咲……

「そ、そんな……変えなきゃよかった……」

「動揺してくれてよかったわ」

「え、ポスター取られちゃうんですか!?」

「さすがにそこまで鬼じゃねぇよ」

「兄者～、罰ゲーム何すんの？」

「ザ・ビースト一週間罰金５００円な」

「わたし死んじゃう！」

「そんなにつらいんだ」

「幼少期の本〇吾郎の人生くらいつらいです」

「そらつれぇ」

「うん、わかんない……」

「だから、何の話だ？」

「さぁ～？」

コメント：メジャーｗ

コメント：あれは辛すぎる
コメント：一週間で罰金万いきそうｗ
コメント：ここまで無敗の兄者とパイセン
コメント：最強夫婦ｗ
この後、何戦かやったが負け数1位は堂々の夜斗だった。
罰ゲームが累積したため、彼は1ヶ月最弱王を名乗ることになった。
魔王なのに最弱王なのかよ……。
余談だが、昼食後の解散時に、皆に余りまくったプリンを配った。
おかげで黄色に染まってた冷蔵庫が正常になったぜ。

#兄者が何を言っているかわからない件

【雑談】兄者について語ろうの会【春風桜】
コメント：兄者ってパーフェクトヒューマン？
「え〜、なんで？　兄者友達いないよ〜？」
コメント：ひでぇｗ
コメント：前にいるって言ってたような
コメント：八重咲にマウントとってた

コメント：同期とか同級生とか言ってたな
「でも全然遊びに来ないよ〜。ほら、兄者ゲームするとあんなんじゃん？　だからさ〜、全然ゲームする友達いないんだよね〜」
コメント：兄者……
コメント：悲しすぎるw
コメント：強者ゆえの悩みが
コメント：P・Sにしか友達いないんだな兄者
「そだね〜。紅葉ちゃんとか夜斗くんとしか遊んでないと思う〜。あでも、紅葉ちゃんはそんなゲームしてないかな。なんかアニメの話ばっかかしてる感じだし〜」
コメント：泣ける
コメント：夜斗と仲良いのわかる
コメント：ゲーマー同士気が合いそう
コメント：兄者と遊んであげてよぉ
「そ〜そ〜。だからたまにアタシが構ってあげてるわけですよ〜」
とまぁ。
そんな動画のリンクが八重咲から届いた。
…………。
冷蔵庫を開くと、処理して数日というのにあの黄色い物体は我らの食料庫を占領している。

……………。
ＬＩＭＥ
俺『ちょっとプリン送るわ』
夜斗『……』
俺『二十個くらい』
夜斗『糖尿病なるわ！』
後日。
スミレさんからゲーム配信のオファーが来た。
一応ディスコ〇ドのアカウントは知っているわけで。
配信のことくらいしか連絡は取らんが。
しかし、俺のみとはどういうことだろうか。
愚妹と仲悪いの？
納得するだけの理由はある。
【ドラ〇エ５】先生と一緒に人生初のＲＰＧ【吹雪菫、兄者】
コメント：なるほど結婚したのか
コメント：結婚したのか？　兄者以外のやつと
コメント：パイセンと結婚するのは兄者だと思ってた
「夜分遅くにこんばんは。Ｐ・Ｓ所属の吹雪菫です。あと、えっと、兄者どーん……で、あってます？」

「いや合ってるとかはないと思いますが。あぁ、どうもー、兄者でーす」

「いつも春ちゃんが兄者くん呼ぶときやってるでしょ？」

「やってますけど、やる必要はないんじゃ」

「私やってみたかったの」

「左様ですか」

コメント：兄者どーん
コメント：あれ姫は？

コメント：初の兄者単独コラボｷﾀ――――――――!!!

コメント：ついにデビューか
コメント：ついに結婚か
コメント：デート配信待ってたぜ
しないから。

デビューもしないし結婚もしない。

あと最後のは失礼だろ。

スミレさんに。

ただ、そういう話題に行きたいのもわかる。

ほら、やるゲームがゲームだし。

それに、スミレさんのデザインというか衣装がいつもと違う。

いつもは肩出しの浴衣だが、今回は淡い水色のセーターだ。

髪型も普段とは違い、白いロングヘアを青いシュシュで一本にまとめ、肩にかけるように下ろしている。

なんか、あれだ、人妻感がすごい。

「今回はドラ〇エ5ですか。選んだ理由とかはあります？」

「夜斗くんが名作って言ってたから」

「それには俺も同意ですね」

「じゃあさっそくやっていこっか。……って、これかなり長くならない？」

「なりますね」

「大丈夫？私、こういうのがどれくらいで終わるのか分からないんだけど」

「ざっと十時間くらいかかりますかね」

「十時間……大丈夫かな……？」

「体力的に心配ですか？」

「うん。ほら、兄者くん長丁場で配信とかってそんなにした事ないでしょう？」

「あ、俺の心配なんだ」

「え、あれ？　そういう事じゃないの？」

「いや、てっきりスミレさんが寝落ちしそうとかかと」

「私これでも耐久配信とかできるよ！」
コメント：さすが二十四時間耐久したパイセンは違うぜ
コメント：十時間とか半分以下だしなｗ
コメント：缶ビールで五時間耐久とかもしたし
コメント：体力は妖怪並
コメント：雪女は妖怪だぞい
コメント：体力おばけの雪女ｗ
「じゃあ問題ないですね」
「兄者くんは大丈夫なの？」
「普段から夜通しゲームしてるんで。クリアまで付き合いますよ」
「そう？　あぁ、そういえばドッキリの時も全然疲れてなかったもんね」
「2時間って、ゲームしてたら割とすぐ過ぎます」
ってことで、ドラ○エ5だ。
シリーズ中でもかなりの人気作。
主人公が幼少期からスタートし、青年、成人となるストーリーは中々に斬新だ。
それにシステムもおもしろい。
特筆すべきは、倒したモンスターが仲間になるというところ。
スライムやドラキーを筆頭に、キラーマシンも味方になる。

あとは、やはり結婚イベントだろうな。

金髪おさげ幼馴染ことビア○カと清楚系青髪お嬢様のフ○ーラ。

この選択には趣味とか癖が出るからな。

プレイしていて楽しいわけだ。

「操作は私だけど、どうする？　兄者くんの名前で始める？」

「いや、スミレさんのでいいですよ。主人公男ですけど」

「じゃあ『すみれ』でやるね」

「ドラ○エというかＲＰＧ自体が初めてなんですよね？」

「うん、そうだよ」

「なんでやろうと思ったんですか。俺を呼んでまで」

「初めてだから、色々教えてもらおうと思って」

「なら夜斗でもよかったんじゃ？　付き合いも長いでしょうし」

「あ、うん、それもそうなんだけどね？　もう一つ理由があってね」

「ほう」

「ほら私、ゲームあんまり上手くないでしょう？」

「頷きにくい質問しますね」

「あ、気にしなくていいから。それでね、兄者くんとゲームで勝負したら、多分兄者くんは全然楽しめないいんじゃないかなって」

「そんなことはないと思いますけど」

「そう？　でもほら、夜桜ゲームズの時みたいな緊張感とかは私じゃできそうにないじゃない」

「まぁ、そうですかね」

「うん！　だから、先生ってことで教えて貰いながらなら楽しめるかなって」

「わざわざありがとうございます」

「いえいえー」

コメント：はぁ……てぇてぇ
コメント：遊び相手いない兄者を元気付けようと
コメント：なんだこの夫婦は
コメント：毎日外回りで疲れた旦那に楽しんで欲しい妻
コメント：これだから兄スミはてぇてぇんだよ……

まずは基本操作と進め方を教えていく。

レベルが推奨値じゃなくても、ある程度なら戦略でどうにかできる。

ちょくちょく口出ししながらイベントをこなす。

「あ、名前だって！」

「自分で入力はできないんですよね。いいえを選んでれば候補が見れます」

「そうなんだ。ゲレゲレってかわいいね」

「この人何言ってんだ」
「え？」
「あぁ、すいません、つい」
「ううん、全然気にしないでいいよ。うん、そうだねぇ、やっぱりゲレゲレで！」
「かわいいってなんだっけ……」
コメント：チロルじゃないの草
コメント：パイセンのセンスが光る
コメント：ゲレゲレはかわいい（洗脳済み）
コメント：ボロンゴもかわいいだろぉ!?
コメント：プックル＼ゲレゲレ
コメント：かわいい＝吹雪菫
コメント：間違いねぇ
思わずツッコミ入れてしまった。
その理由は、恐らく素で言ってると分かったから。
この人、大概だな。
その後も順調に話は進み、パパスが死んだ。
順調にいくと主人公の親父が目の前で絶命とか割とトラウマ級じゃね？
中ボスを攻略して、ついに念願の青年期ゾーン。

ここからはモンスターが仲間になる。

「とりあえずスライムナイトを探しましょう」

「スライムはいるよ？」

「そのスライムの色違いに誰かが乗っかってるモンスターがいるんですよ」

「そうなんだ。強いのかな」

「味方として心強いタイプですね」

コメント：スライムナイトきちゃ！

コメント：まずは定石
コメント：この子ほんと優秀なんよな
「あと仲間になったモンスターの名前も変えられるんですよ」

「そうなの？　あ、じゃあみんなの名前つけようよ」

「じゃあこの町まで行って貰って」

「スラりんはこのままがいいなぁ。スライムナイトは強いんだよね」

「まぁ強いです」

「じゃあ、ヤトくんにしよっか」

「魔王なのにスライムナイトにされるのか」

「え、だめ？」

「いや、ピッタリすぎて驚いてるだけです」

ほら、強いのになんかパッとしないあたり似てない？
コメント：転生二回目でスライムになんの草
コメント：スライムしたらスライムだった件
コメント：スライムだった上に誰かが乗っかってる件
コメント：一応強いのは合ってる
コメント：でもスライムナイトという
コメント：スライムってか土台？
コメント：夜斗は乗り物
サイサリス・夜斗・グランツ：誰が最弱モンスターだ！
コメント：自称魔王定期
コメント：ご本人（スライム）登場
スライムナイトが奮戦してストーリーがすいすい進む。
そしてようやく、ドラ○エ5のメインイベントと言って差し支えないイベントが来た。
「え、結婚っ!?　いきなりっ!?」
「まぁ、かなりいきなりですよね」
「け、結婚って……こういうのはもう少しちゃんとお付き合いした後にちゃんとお互いに気持ちが通じ合ってるって分かった上でちゃんと親御さんに挨拶してするものじゃないの!?」
「スミレさん、焦りすぎです。あと主人公の親御さんは他界してるんで」

「あぁ、だから挨拶は飛ばすんだ。……それにしても急じゃないっ？」
「ラブストーリーは突然なんですよ」
コメント：ノリツッコミｗ
コメント：で、誰と結婚する？
コメント：ビア○カ？　フロ○ラ？　それとも兄者？
コメント：最後のはＢＬになるわｗ
コメント：兄者さん！　妹さんを僕にください！
コメント：兄者「やるやる。要らんもん」
コメント：本当に言いそうで草
コメント：兄者さん！　お嫁さんを僕にください！
コメント：エグいこと言ってる奴おるｗ
「世が世なので時間かけて付き合うとかできないんですよきっと」
「あ、あぁ、なるほど？」
「というわけで、好きな方と結婚しましょう」
「結婚相手って普通二人もいるものだっけ……？」
「許嫁と今付き合ってる彼女の二択みたいなドロドロ昼ドラ展開だと思えば」
「それはそれで選びにくいよ……」
「まぁゲームですし、気楽にいきましょう」

「気楽に……兄者くんはどっちがいい？」
「スミレさんの好きな方でいいですけど」
「むぅ……じゃあ、兄者くん前はどっち選んだの？　前にもプレイしてるんだよね」
「俺は両方選んだんでなんとも」
「え、浮気？」
「重婚はしてないですから。普通に二回プレイしてるだけです」
「えぇ……」
「ただ、あれですね。イメージというか色的にフロ○ラの方がスミレさんっぽいですね」
「そっか、今日水色の服だもんね」
コメント：最終的にパイセンとスミレさんが結婚してる
コメント：青のイメージわかる
コメント：お嬢様な感じもな
コメント：四天王の清楚担当だもの
コメント：けどあとの二人はなぁ……
八重咲紅葉：清楚だし！
春風桜：清楚だし！
コメント：みんないるの草
コメント：仲良すぎｗ

結婚したら子供が生まれる。

伝説の兄妹の名前は、なぜかモミジとサクラになった。

なんでよ。

「あぁ！　サクラちゃんが死んじゃいそう」

「いいんじゃないですかね。ベホ〇ミより先に攻撃しましょう」

「いいの!?」

「ザオ〇クあるんで」

「兄者くん、なんかサクラちゃんの扱い雑じゃない？」

「はっはーまさかー」

「でもちゃんと進んでるね」

「なんやかんや十時間超えてますけどね」

「え、あれ？　もうそんなにやってた？」

「あっという間でしたね」

コメント：ごめん寝てた
コメント：こんな神回寝てらんねぇぜ
コメント：あと十四時間続くんでしょ？

コメント：まだクリアしてないでしょうが！

コメント：続行期待

コメント：おかわり！

コメント：20000円　続け永遠に
続かねぇから。

スパチャを無茶ぶりの為に投げるな。

ここまで、結構口出しはしたがスミレさんもだいぶこのゲームに慣れたみたいだ。

あとはリスナーと一緒にクリアまでいってもらおう。

それに、ちょっと限界そうだ。

「そろそろ終わりにしますか」

「兄者くん、疲れちゃった？」

「いや、別に余裕ですけど」

「ならもう少ししようよ」

「今日はこの辺にしときましょうよ」

「なんで？　クリアまで付き合うって言ってたじゃん」

「言いましたけど、スミレさんが眠そうなんで」

「そんなことないよ？」

「じゃあ回復役のヤトとサクラが死んでるのはわざとですか？」

「あ……え、っと……すぅ――わざとだよ！」

「はい、ということで今日の配信はここまでですー。お疲れしたー」

「待ってよぉ！」

コメント：ついにスミ虐が……？

コメント：いや眠いパイセンを気遣っただけだな

コメント：なんだただの夫婦か

コメント：パイセンそろそろ限界か

コメント：慣れんゲームずっとやってんだもんな

コメント：お前ら……十時間だぞ……？

「もう少しだからクリアまでいこ？」

「そのもう少しがそれなりに長いんで」

「まだ終わりたくないよ」

「あとはスミレさんが自力でクリアできることを祈ってます」

「付き合ってくれないのっ？」

「それどう答えても俺詰みじゃん」

はいなら燃える。

いいえなら泣かれる。

勇者ってこんなエグい選択肢突きつけられてたんだな。

そら、はい・いいえしか言えないわ。

コメント：もう少し付き合えよ

コメント：もう付き合えよ
コメント：もう付き合ってるよ
コメント：兄スミ夫婦定期
コメント：男女でお泊まりしても燃えない兄者は旦那
コメント：コラボ相手が燃えるとパイセンが仲良くするから燃やせない
コメント：夜斗思い出すわ～w

夜斗、前に何かあったのか？

まぁいいけど。

普段と違って駄々をこね始めたスミレさんをどうにかなだめて解散。

耐久とかもしてるって言ってたが、毎回こんなんなのだろうか。

なんか、この人の人気の一端を見た気がする。

ギャップがすごいわ。

ただなんで酔ってる時と性格変わるのよ。

早く寝てくれ。

余談だが、俺が抜けた後もスミレさんは配信を続けたようだ。

俺がレベリングをほぼ飛ばして進めたせいかもしれんが、ブオ〇ンに勝てず終いらしい。

一応約束したわけだし、次はクリアまで付き合うか。

ＬＩＭＥ
夜斗『実はお前に渡したい物があるんだが』
八重咲『プリンは要らないですよ』
夜斗『あ、うん』

#通常配信が乱入配信でコラボ配信の兄者さんは好きですか？

「飯マズ属性って、いいよなー」

昼飯食ってる時に、この同僚は何を言い出すのか。

おかげでラーメンを啜る手が止まった。

「飯は美味いに限ると思うぞ倉元」

「違うんだよー！　こう、得意じゃないけど喜んで欲しくて頑張る所に萌えるんだ」

「あそう」

それ、正しくは燃えるだから。

皆様は帰宅と同時に爆発音を聞いた経験はあるだろうか。

俺はつい先日体験した。

マジモンの地雷踏んだのかと思った。

震源であるキッチンに行くと、カメラを回している愚妹と隣で目を回しているスミレさんがいたんだわ。

そしてその奥では、レンジから海軍中将でも引くくらいモクモクと煙が上がっていた。

とりあえず事情を聞いて説教した。

冷凍肉まんを爆発させたらしい。

うちのキッチンをマッドサイエンティストの研究所にしないでくれ。

「姫がさー、料理系のミニ動画出してんだけどさー、めっちゃ下手なんだよー」

「……なに？」

「この前とか明らかに鮭の切り身持ってきてマグロステーキ作るってー」

「冷蔵庫からなんの魚かも分からず取り出したんだろうな」

「多分なー。で、結局ダークマターになっててさー」

「……最近やけに多いのそれか」

「そうそう。最近増えてんだよミニ動画みたいなやつ」

あいつ、たまに気分で料理するんだよな。

その大体は黒棺を詠唱破棄で生み出しては捨ててるんだが。

あれは本当に黒い炭素の棺だ……。

「それは、エグいな」

「あー、エグいわー。スパチャ投げるしかない」

俺はタオルでも投げれば止まるだろうか。

「そういや、話変わるけどこの前なんかゲームの事ではしゃいでなかったか？」

「ん？　あー、あれかー。実は大会選抜に選ばれてなー」

「へぇ、そりゃすごい」

「つっても、なんか知名度で勝ち取った感もあるんだよなー。まー嬉しいけど」

「おめでとさん」

趣味も全力投球だよなこいつ。

金曜の帰りは、俺も疲れたなんて言ってられない。

これから更に疲れるのだから。

……今日は、八重咲もいるんだっけか。

【謝罪】兄者をデビューさせるには【春風桜、八重咲紅葉、兄者】

コメント：謝罪!?

コメント：説明はよ
コメント：来たァ
「「ごめんなさい」」

「明日アドフィット耐久配信な。以上解散」

コメント：ふぁ!?

コメント：何が起きたｗｗｗ
コメント：終わり……だと？

コメント：唐突に始まって終わったｗ

「あー、はい、ってことで、お前ら勝手に何してでかしてんの？」

「いや～、このシリーズ好評だったんだよね～」

「募集かけたらめっちゃメッセ届いたんですよ」

「既に三回やってるのが怖いわ」

自己紹介もそこそこに、本題に入る。

このよく分からんシリーズ配信。

主犯は言うまでもなく愚妹だ。

八重咲も共犯だけども。

とあるコラボ配信の中で、俺の立ち位置が不明という話題が上がり、「ならもうデビューさせちゃお～」というふざけたセリフから始まった企画らしい。

で、八重咲とリスナーとグダグダ現実性皆無の話をしていた。

までは良かったが、ここ最近はマジで俺をデビューさせようとする流れになって来ている。

倉元から情報貰ってて良かったわ。

「『いっそ先にチャンネル作ってなし崩し的に配信させる』とかもはや詐欺だろ」

「先週辺りからなんかみんなが本気出してきてんだよね～」

「落ち葉さん達のやる気すごいですよ？」

「それ指揮してんのお前じゃねぇだろうな」

「なんのことかさっぱり分からないですね」
「お前には愚妹の特製マグロステーキを食ってもらおう」
「ごめんなさいわたしが悪かったです」
「即行謝る理由が気になるんだけどっ！？」
コメント：あれは食い物じゃない
コメント：罰ゲームってより死刑
コメント：兄者に話してなかったの草
コメント：で、兄者のデビューまだ？
コメント：早くスパチャを投げさせろ
コメント：姫より推すまである
「つか、今もかなりグレーな存在なんだけどな俺」
「ならいっそyou出ちゃいなよ〜」
「いや、出ちゃってるわけで」
「でもでも、兄者さんって適性あると思いますよ？」
「どんなフォローだそれ」
「ゲーム上手いし、オタ知識すごいし、体力もあって声真似までできて、さらにアドリブ力の化け物ですし！」
「それだけ聞くと四天王の融合体もいいとこだな」

「アタシの成分なくない？」

「要らない」

「んなぁ!?」

「まぁ血縁ですし」

「だからフォローの方向おかしいでしょ」

コメント：兄者のスペック化け物じゃん
コメント：夜斗のゲームと八重咲のオタクとパイセンの体力持ってんの草
コメント：セルかよ
コメント：姫の成分が血だけｗ
コメント：そういや兄者って常時アドリブなのか？

「そう！　それを言いたかった！　兄者さんってヤバいんですよ」

「なんでこの子興奮してんの？」

「また変なスイッチ押すコメント見つけたんじゃない？」

「兄者さんって今まで台本とかって一切貰ってないんですよ。一応なんの企画ーとかは伝えてますけど、そこからはずっと即興でその場で話してるんですよ。頭おかしいですよね？」

「褒めたいの？　貶《けな》したいの？」

「というわけでわたしが台本を用意しました」

「え、知らない。その台本知らないしこの台本も知らない」

「兄者～、とりあえず読んでみて～」

「どうもー、P・S三期生、兄者でーす。ゲーム配信メインで、まー雑談とかもしながらやっていきまーす。よろしく。んで、兄者ってのは春風桜の兄ってことで。一応愚妹のあとを追いかけてVTuberになったって感じか。名前は、名乗るほどのもんでもないし、兄者でいい。つーわけでめでたくデビューしましたー。いえーい、ぴーすぴーす……」

コメント：棒読みｗ

コメント：草

コメント：めでたくデビューしたｗ

コメント：待っていたぜこの時をよぉ！

コメント：早く切り抜け

コメント：拡散希望

コメント：あとはチャンネルだけだな

コメント：外堀から行くスタイル

「八重咲」

「はい……！」

「明日、うちにこい」

「嫌です」

「安心しろ、手は出さない」

「本当ですか？」
「蹴る」
「暴力反対っ！！！」
「うわ～兄者こわ～」
「お前も共犯だからな？」
「これに関してはアタシ無罪だと思うんだけどぉ!?」
「はぁ……つか、勝手に変な設定まで追加してんじゃねぇ」
「結構現実に則して作りましたけど」
「なんで俺がなりたくてなったみたいなニュアンスになってんの」
「まぁ所詮設定なんで」
「お前が言っていいのそういうこと」
コメント：メタいメタいｗ
コメント：こいつらに関してはしゃーなし
コメント：設定ってより自己紹介なんだよな
コメント：八重咲はほぼ偽りないし
コメント：無理があるのは姫くらい
コメント：あれこそ詐欺
「あ～、紅葉ちゃんの紹介文おもしろいよね～。アタシ元ネタ知らないけど」

「適当におもしろいとか言うなよ」
「あ、読みます？」
『八重咲紅葉
どこにでもいるごく普通のJK。アニメが大好きで、ルル様は俺の嫁と言うほど。最終的に、わたし自身が二次元になることだ、と結論付けVTuberに』
「どうです？」
「カオス」
「兄者、意味理解できてるんだ～」
「とりあえずルル〇シュを性転換すんな」
「そこはほら、構文ですし」
「あとごく普通の女子高生は卍解しない」
「ああ！まずは始解ですか」
「そういうことじゃやねぇよ」
コメント：卍解《ばんかい》！
コメント：散れ春風桜
コメント：その散れは違う意味w
コメント：改めて見るとカオスだな
コメント：ガ〇ダム乗って卍解するごく普通のVTuber

コメント：普通ってなんだっけ

「他の人のも見てみる～？」

「他のって、俺あと二人くらいしか知らないんだけど」

「じゃあパイセンの～」

『吹雪菫

心の温かい雪女。自分が妖怪という自覚は薄く、人間と仲良くなりたい考えからVTuberになる。人里離れた雪山から来ているためコミュ障気味。妖怪に年齢はない』

「ほぼスミレさんじゃん」

「いやパイセンだけど」

「あの人優しさだけステ振りしすぎて人超えちゃったみたいなとこあるし」

「兄者さん、褒めてるのかバカにしてるのか分かんないです」

「褒めてる。あとコミュ障の理由がマジっぽい」

「流石にそんなことないと思いますけど」

「パイセンって人見知りはげしーもんね～」

「夜斗さんとの最初のコラボも結構テンパってたって言ってたし」

コメント：褒めてるのか

コメント：兄者とのコラボはあんま緊張してるイメージない

コメント：純粋な慣れじゃね？

コメント：もしくは相性
コメント：もしかして運命？

つか、お前ら妖怪と夫婦にしようとしてんのかよ。

そういや夜斗が前に燃えたって話。

どうやらスミレさんとの初コラボでいきなりファーストネームを呼び捨てにしたらしい。

まぁキャラ的にするわな。魔王だし。

で、馴れ馴れしいとガチ恋雪精から色々言われたと。

ただそこからが伝説らしい（倉元談）。

炎上した夜斗にスミレさんが自らコンタクトをとり、ほぼ毎週コラボ配信をしたという。

最初は夜斗も引き気味だったようだが、炎上騒ぎが無くなるまでスミレさんはコラボすると間接的に宣言し、騒ぎが収まった。

というか収めるしかなかったんだろうな、アンチ諸君……。

あとこれ、天然でやってるとかあの人マジか。

「あとは夜斗くんだね～」

「別に見んでもいいんだけど。てかなんで人の紹介文見てんの俺ら」

『サイサリス・夜斗・グランツ
記憶を持ったまま現世に転生した異世界の魔王。精神年齢は200歳で今の体は成人男性。

人間の生活を楽しみたいとゲームを始め、そこからVTuberという職に興味を持って今に至る』
「へー」
「反応うっす！」
「いや、なんかもう、誰よ」
「夜斗さんですけど」
「俺の知ってる夜斗って、厨二凶運ポンコツゲーマーなんだが」
「それはみんな思ってるから大丈夫～」
コメント：強運じゃなくて凶運なの草
コメント：魔王は倒されるもの
コメント：勇者より先に裏ボスに潰されてるんだよな
コメント：現世の魔王にボコられてんの笑う
コメント：解釈一致
つーか、よくよく考えたらこんなのを半年も続けてるわけで。
事務所側から文句が来ないのが逆に怖い。
そろそろちゃんと話をつけるべきなのだろうか……。
変な期待を持たせるのも酷ってことで、このコーナーは俺が自ら闇に葬った。
そして企画者二人も闇のゲームに葬った。
次回八重咲死す。デュエルスタンバイ。

後日。

二人が二時間の耐久配信を終えた事を確認した。

八重咲は後半ザ・ビーストのテンションで乗り切るという荒業を見せたらしい。

愚妹は生まれたての子鹿どころか瀕死のバカみたいになってた。

#この素晴らしい誕生に祝福を

「兄者～誕プレちょうだい～」

「何がいい？　ビンタ？」

「なんで!?」

誕生日。

正味、うちではそこまで大袈裟なお祝いはしない。

夕食にケーキが出るのが精々だ。

一方というか、対してというか、VTuberはこういうのこそ盛大に行う。

この前も愚妹が凸待ちしていた。

さて、俺もそのVTuber式のお祝いを体験してから少し経った。

ライバーですらないのに全国のファン（？）から祝われるという中々にイカれた儀式が過ぎ。

俺はP・S社長さんに呼び出され、何故か愚痴と文句を言われ、受け取るものを貰い、その帰りである。

「あ、兄者さーん！」

「大声で手を振りながら俺を呼ぶな八重咲」

「兄者さん、会社に用事ですか？」

「色々な。そっちは配信か？」

「実は、アニメをつくってました！」

「へー」

「信じてないでしょう！」

「信じてる信じてるー」

「それはそうと、その荷台に積まれた大量の荷物は一体？」

「誕プレ、なんだそうだ。車が埋まるかと思ったわ」

「引くくらい貰いましたね……」

まぁそうな。

けどね、その理由の一端はお前らにあるからな？

契約ではないが、基本的に俺の配信参加は週末に限られている。

じゃないと仕事に差し支えるからな。

正確には金曜の夜から日曜の昼まで。

その日は予定がなかった。

愚妹を含む全員から打診がなかった以上、寝るに限る。

仕事から帰り、飯を食ってすぐに俺はベッドでスリープした。

……。

…………。

………………………。

「『いえ〜い！　兄者（さん）ハッピーバースデー！！！』」

……。

十二時である。

「は？」

「兄者〜、誕生日だよ〜！」

「いや、は？」

「ほら！　今日の主役ですよ！」

「待てお前ら、何が起きてる。……そしてそのカメラはなんだ」

「は〜い、ってことで兄者ど〜ん！　兄者の誕生日配信始まってるよ〜」

「始まってるよーじゃねぇよ」

「えっと、とりあえず状況整理します？」

「そうしてくれ」

そういや誕生日だったたっけ。

しかし日付変更と同時に来るか普通。

そしてなんでこいつらがここにいてこんなことしてる。

頭回んねぇ……。

「今日は兄者さんの誕生日です」

「おん」

「でね〜、どうせならサプライズしよ〜ってことになって〜」

「言っとくけど、まだお前らの口からサプライズしか出てないからな」

「寝起きドッキリすることになってね〜」

「キ〇グ・クリムゾンしたぞおい」

「キ〇グ・クリムゾン！　はっ!?　……それで、早朝にみんなで押しかけるのは迷惑だろうって話になりまして」

「ジョセフしてないから。あと配慮の方向がおかしい」

コメント：いえーい！

コメント：誕生日おめでとう
コメント：５０００円　もってけ
コメント：２０００円　ほらよ
コメント：４５６７円　誕プレ贈る
コメント：勢いがやべぇｗ

何故説明聞いてんのに謎が増える……。

あとスパチャがエグい。

チャット欄めっちゃカラフルになってるんだけど。

てかまて、今みんなって言ったか？

「まさかとは思うがこれ以上――」

「いえーい！　兄者ー！　誕生日おめでとーう！」

「おめでとう！」

「次から次へと……」

「パイセンと夜斗くんおそぃ～」

「わりぃわりぃ。こっちの準備に手間取ってな」

「準備？」

「はい、兄者くん」

「……――マジか……」

コメント：パイセン特――――!!

コメント：嫁の帰宅
コメント：ケーキか？　ケーキなのか？

コメント：なんだよてぇてぇじゃねぇか
コメント：またも全員集合w

コメント：そら兄者の誕生祭だからな

わざわざ用意してくれたのだろう。

スミレさんから恐らくケーキの入った箱を受け取る。

外装的に、市販のものではなさそうだ。

見ると、夜斗とスミレさんがサムズアップしている。

……マジか。

「うぉ〜！　ケーキだ〜！　パイセンつくったの〜？」

「私と夜斗くんで作ったよ」

「めちゃくちゃ苦労したぜ」

「早く食べよ〜」

「その前に兄者、ほれ、言うことがあるだろ？」

「あー、うん、そうだな」

コメント：パイセンのケーキ

コメント：略してパンケーキ

コメント：センス◎

コメント：おい兄者そこ代われ

コメント：おい夜斗そこ代われ

コメント：おいケーキそこ代われ

コメント：ケーキは分からんｗ
コメント：嫁のケーキいいな～

コメント：ただし凶運の夜斗がアシスト
ありがとうと、伝えるべきなんだろうが。

しかし……ちょっと気になることが多すぎるんだよな。

「八重咲」

「なんです？」

「お前も参加した？」

「わたしは桜ちゃんを見張ることに集中してました」

「なんでこうなった？」

「気遣いの先輩と悪友の先輩ですし……」

「あの手は本当に正位置なのか？」

「流石に親指下には向けないと思いますけど」

「下手したら誕生日が命日になるんだぞ」

「……兄者さんと死ねるなら本望ですよ！」

「俺はお前にそこまで思えない」

「阿良○木先輩！」

「うるせぇわ」

コメント：草
コメント：このメンツ料理できるのおらんのかｗ
コメント：パイセンはそこそこできるぞい
コメント：おつまみ自作するもんな
コメント：けどたまにやらかすよな？
コメント：夜斗も一緒に作ったんか
コメント：あ……（察し）
いや、うん、嬉しいですよ？
だからスミレさん。
そんな、捨てられる寸前のチワワみたいな顔をしないでください。
この人が基本的に料理ができるのは分かる。
だが、たまに事故る。
そして相方が夜斗だ。
満月時の悪魔合体レベルで事故るだろこれ……。
「兄者、くん……？」
「食べますよ。ありがとうございます。とてもうれしいです」
「おいおい顔が笑ってねぇぞぉ」
「お前がいなけりゃ笑う余裕もあったかもしれんがな」

「安心しろ、食えんものは入ってねぇ」

「それは料理の大前提なんだよ」

「兄者〜、早く食べよ〜よ〜」

「先に食っていいぞ」

「マジっ!?」

「兄者さん、毒味させるのは失礼だと思いますよ？」

「え、えぇ!?　毒味っ!?」

「兄者ひどっ！！！」

「スミレさんは卵焼きの前科があるわけで」

「だ、大丈夫だからね！　ちゃんと失敗しないように夜斗くんに見てて貰ったから！」

「手伝ってなかったのかよ」

「オレが関わったらとんでもねぇものができるかもしれないからな！」

「ついに認めたよこいつ……」

「冗談だ。オレがケーキつくれないだけだし」

「まぁ夜斗が手伝ってないなら大丈夫だろ」

「聞けっての！」

コメント：仲ええw
コメント：夜斗あなたはもう何もしないで

コメント：料理だけはせんといで下さいよ
コメント：ケーキをつくれ
コメント：エ〇ァムーブ草
コメント：兄者死んでも食え
コメント：なんなら俺が食う
コメント：飛ぶぞ
コメント：死因がパンケーキなら本望

見た目がまともなのが余計怖い。

まぁあれだ、チョコが混入してたらそれはそれで美味いし。

切り分けてもらったケーキを、一口大にして食べる。

……、…………。


「うん」

「どう、かな……？」

「うまいです」

「本当に？　本当のホント？」

「今度は嘘じゃないっす」

「兄者さん、ケーキは好きですか！」

「ス〇ムダンクは関係ないから」

「じゃあアタシも食べる〜」

「じゃあは酷くないか桜」

「夜斗くんは食べないの？　アタシ貰うけど〜」

「食うから！」

「めっちゃフルーツ入ってますね！」

「色々入れた方が美味しいかなって」

「ゴッフッ……なん、だよこれぇ!?」

「なぜ夜斗が驚く」

「めっちゃ苦酸っぱい何かが入ってたんだが!?」

「あ、多分、グレープフルーツ……」

「グレープフルーツっ!?」

「パイセンの料理センスわけわかんね〜」

「お前が言うなお前が」

「夜斗さん、見張ってたんじゃないんですか？」

「目を離した隙《すき》にかよぉ……」

コメント：相変わらずの夜斗
コメント：実質闇ケーキｗ
コメント：やっぱこうなるのか

コメント：なんでグレープフルーツを入れようと思ったんだ……

コメント：姫が作ってないだけマシ
コメント：この時がずっと続けばいいのに
「どうでもいいが、ケーキ食って終了なら配信にする必要なくないか？」

「あ、忘れてた～。ケーキ食べながらね～、溜まったマシュマロ読も～って思ってたんだよね」

「溜まったって、何がそんなに」

「兄者宛のやつ～」

「そんなあるのか……」

「オレたちはコメンタリーだな」

「ですね」

「それじゃあ、早速いこっか」

スミレさんが仕切るの？　大丈夫？

マシュマロ
『兄者さん彼女（嫁）は、いますか「オタク的意味」』

「だって？」

「いない」

「え～、この人つまんなっ！」

「うっせ」
「推しとかいないんですか？」
「ちゃんとしたカップルで幸せになって欲しい派だ」
「よく分かんねぇが、兄者らしいといえばらしいな」
「じゃあじゃあ、兄者さん。好きなタイプは？」
「綾◯レイ」
「『個人名じゃん！』」
「ア◯カじゃないのが兄者さんらしい気もしますけど」
「ごめん、誰か説明して欲しい……」
コメント：嫁はパイセンだろぅ？
コメント：ぽかぽかして欲しいんだな
コメント：清楚系が好きと
コメント：つまりパイセンか
コメント：もう結婚しろよ
コメント：本当に嫁にしてどうぞ
「次だね」
マシュマロ
『吹雪菫のことをどう思ってる？』

「これを本人の前で言えと？」

「気になるちゃなるしなぁ」

「なんなら皆の印象聞いていきます？」

「あ、いいね～。じゃあパイセンから～」

「えぇ、なんか、緊張するね……」

「第一印象は、聖女？」

「なぜ疑問形」

「ちゃんと会って話した時じゃないなと思ってな。しっかり話したのって結局配信の時だったし」

「兄者さんの場合、会い方特殊ですもんね」

「じゃあさ～、配信のときはどんな感じだった～？」

「普通に大人しくて優しい人って印象。包容力があるってのか？」

「なんとなく分かるな」

「兄者さん！　わたしの時はどうでした？」

「八重咲は……常識のある限界オタク」

「かなり好感触ですね！」

「どこが!?」

「紅葉ちゃんの印象ほぼ変わってなさそ～」

「ああ、ほぼ変わってない」

「それ好感度上がってないってことじゃないですよね……」

「次はオレだな！」

「厨二ゲーマー」

「……だけ!?」

コメント：八重咲ェ……

コメント：初対面でほぼ本質見抜いてんの強い
コメント：この人らキャラ濃いしな
コメント：キャラってか本当にキャラか怪しいレベル
コメント：これが素ならヤベー奴だろｗ
ヤベー奴なんだよな……。

「最後は桜か？」

「これと初対面って、生まれたてなんだけど」

「それは第一印象っていうんですかね……」

「じゃあ今は～？　あんま興味無いけど」

「バカの上位互換」

「いえ～い上位互換～。……褒めてないよねそれ」

「よく分かったな」

「さすがに分かるから！」
「いやー伝わると思ってなかったわー見くびってたわー」
「兄者なめすぎ〜」
「桜ちゃん、多分それ皮肉……」
「つか、スミレさんは？」
「あぁ……顔隠して震えてんな」
「めっちゃ顔赤くしてそ〜」
「スミレさんって面と向かって褒められるの弱いですよねー」
コメント：照れスミレてぇてぇ
コメント：いいぞもっとやれ
コメント：声入らないの助からない
コメント：兄者パイセンが発狂するまで褒めてみて
コメント：マシュマロ読めそうにないw
「じゃあわたし読みますねー」
マシュマロ
『人生で一番やらかしたと思った事』
「これ俺宛か？」
「順番に言ってくかぁ」

「はい！　桜ちゃんと台所に立った事！」

「どういう意味だぁ～!?」

「まんまだろ」

「オレは、あれだな、台パンしてガラステーブル割った事。あれで乗ってたモニターがおしゃかに……」

「きついなそれ」

「桜ちゃんは？」

「え、なんだろ～、フィギュア落として首折っちゃったやつかな」

「桜もフィギュアとか持ってんだな」

「ううん、兄者のやつ。とりあえず接着剤で直したけど、めちゃ怒られたな～って」

「それは誰でも怒るよ」

「愚妹」

「え、何……」

「お前、自分じゃなくて猫のせいって言ってたよな？」

「え……あ、あ！　だからね、アタシがちゃんとしてなかったからシャケくんが……」

「で、本当は？」

「……はい、アタシが落としました……棚にぶつかりました……」

「オキニっぽいパーカー全部メルカリ出しとくわ」

「待っデエエエ！　そればぢがうじゃん！！！」

「安心しろ。俺は嘘泣きぐらいで許すほど人間できてないから」

「ごべんなざいィィィ！！！」

「めっちゃいい笑顔でエグいこといいますねこの人……」

「兄者を怒らせると、怖いな……」

コメント：そのパーカー言い値で買おう
コメント：６０００円　よこせ
コメント：８５００円　あとプリン
コメント：１００００円　足りるか？

コメント：３００００円　俺んだ
コメント：オークション始まってんの草
別にそこまで怒ってはないけどな。

単純に教訓がないとこいつはまたやらかしかねんだけ。

その後もいくつかマシュマロを消化して幕を閉じた。

スミレさんが復帰したのは爆弾マシュマロから五分後くらい。

ちなみに俺のやらかしたことといえば、半年前に配信に乱入してしまったことだな……。

今思えば、恐らく人生で一番派手な誕生日だった。

誕生日会ってのは初めてだったし。

ただ、さぁ、全国配信でやることかよ……。

「あの配信のせいで事務所に大量の誕プレが贈られたんだと」

「そんなことが……。あ、贈って貰ってありがとうございます」

「別に。ところで、社長さんに聞いたんだが」

「ボスから？　なんです？」

「事務所の冷蔵庫がプリンまみれって何があった」

＃愚妹廻戦

「テレレレレレスパーンっ！」

「おっす！　オラ紅葉！　やっぱり来てくれたか夜斗さん」

「安心しろ、クソ兄者は、このオレが速攻で倒してやる。さぁ、来やがれ！」

「夜斗さん！　あの人を甘く見ちゃダメだ！」

「次回、プリズムシフト。夜斗さん死す。恐るべきクソ兄者」

「テレレレレスパーンっ！」

「おっす！　オラ紅葉！　まさか夜斗さんに続いて桜ちゃんまでやられてしまうなんて……」

「春ちゃんのカ○ビィは二回落ちてるから、もう二度と生き返れないんだ。許さないぞ、兄者くん！」

「次回、プリズムシフト。さよならパイセン。桜捨て身の戦法」

この前、アニメ作ってるとか言ってたがホントだったらしい。

八重咲からリンクが送られて来た。

無駄に完成度高いけど、いいのかこれ……。

あとスミレさんとか、演技上手いんだな。意外だわ。

ＬＩＭＥ

八重咲『面白いでしょ！』

俺『どっからツッコめばいい？』

八重咲『あ、兄者さんも出たかったですか』

俺『ちげーよ』

カオス過ぎて処理が追いつかん。

ＢＧＭは八重咲がセルフでやってるし。

なんか兄者のイラストは動いてるし。

立ち位置的に俺はサイバイマン兼ナッパだし。

何より、もう完全にドラゴ〇ボールだし。

多方面から怒られろよお前ら……。

……まぁあの社長さんだし、その辺はちゃんとしてそうだが。

【兄者相談室】みんなの悩みをズバッと解決！　兄者が【春風桜、兄者】

「いえ～い！　みんなおはる～。桜だよ～」

「テンション高ぇな」

「面白いじゃん！　兄者が企画やるんだよ～？」

「仕方なくな。別に俺悪くねぇのにな……」

コメント：兄者の企画!?

コメント：つまりデビュー
コメント：あれ立ち絵？　動かんの？

「動かんよ」

「なんかね～、事務所にめっちゃ誕プレ届いて迷惑かけたからお詫びってことでやるんだっけ？」

「まぁそういうことだ。適当に集めた相談に適当に答えてくぞー」

マシュマロ
『推しに貢ぎたい』

「貢げば？　次」

「あまりにも雑じゃない？」

「いいよ、今回で残り全部読むくらいで行くわけだし」

「うわ～適当だ～」

「そういうマニフェストだし」

「なにそれ、マニアのお祭り？」
「なにそれ、マニアフェスティバル？」
マシュマロ
『箱内の大会で無所属のライバーと特別枠のリスナーが決勝戦した場合俺達はどう見守ればいい？』
「あー、あれか、あれは、うん、俺が悪い？」
「ス○ブラの大会のやつね～。誰だっけ、兄者の相手だった人」
「なんだっけな、クリオネ？」
「あ～その人だ。なんか夜斗くん倒すために出たのに、初戦で兄者が夜斗くんボコったからなんで来たの？　ってなった人～」
「なんつーか、あれは勝手に俺を参加させた夜斗の自業自得だろ」
コメント：既に答えてないｗ
コメント：ほぼ愚痴やんｗ
コメント：あの大会は笑った
コメント：箱一決定戦で決勝が部外者二人とかｗ
コメント：実質的には姫が箱一になったの草生えた
コメント：クリオネは頑張ったｗ
後日談じゃねぇが、この前そういう大会があった。

第二回だったらしく、第一回大会は夜斗が無双して終わったらしい。

んで、夜斗に負ける要素を足すために特別枠を用意したらしいんだが。

その枠が俺とリスナーだったと。

で、なんやかんやで勝ち残ったのが俺とリスナーで、3位になった愚妹が箱一認定されたと。

あれはもう放送事故ってか、事件だろ。

悪いのは全部夜斗。

有罪。

「まぁ、あれだ。夜斗のコメ欄を荒らしておけ」

「それでいいんだ～」

「あいつが悪いし」

マシュマロ
『キャラが薄くて困ってます！　助けて！　兄者先生～』

「語尾とか付ければ？」

マシュマロ
『ゲームが上手くなりたいです』

「ゲームすれば？」

マシュマロ
『結婚したい』

「王家は諦めろ」

「雑すぎんっ!?」

「ダメか」

「兄者～、そういうとこだよ～」

「どういうとこだよ」

「もうちょい真面目にやんないと怒られるよ？　パイセンに」

「何をどうしたらそうなる」

「しゃ～ない、バカ兄者にお手本見せてあげますか～」

「何キャラか知らんがイラッとくるな」

マシュマロ
『よく人見知りしてしまい、上手く話せません。どうすれば克服できますか？』

「あ～、わかんない」

「雑以前にバカじゃねぇか」

「アタシあんまこういう気持ちわかんないもん。はい、コミュ障兄者、お答えをどうぞ～」

「コミュ障認定してんじゃねぇ。別にいいんじゃねぇの、人見知りでも」

「え、フォローするん？」

「上手く話すってのがそもそも重要じゃねぇし。初対面で緊張しないのは大物かバカだけだしな」

「そうなんだ〜。……なんでこっち見た？」
「だからまぁ、ちょっとずつ相手を知りながら普通に話せればそれでいいんじゃねぇの」
コメント：ええこと言うやん
コメント：さっきまでの雑さが嘘のよう
コメント：愚妹に煽られたからかな
コメント：悩みが嫁のそれ
コメント：なんだ夫婦か
コメント：兄者がパイセンに言ってると思うとてぇてぇが止まらねぇ
コメント：止まるんじゃねぇぞ……
「兄者真面目じゃん」
「どうしても文句いうのかお前は」
「でもさ〜なんか用意してたくさいよね〜」
「それこっち側のお前が言うのかよ」
「てことでコメントからも拾ってこ〜！」
「お前の進行ほど雑なもんねぇよ」
コメント：マジか
コメント：兄者さん！　妹さんを僕に下さい！
「なんか見たことあるなこのセリフ」

「これ答えんの？　本人いるよここに」
「やるやる。無限プリン製造機なんざ要らん」
「誰がじゃァ！」
コメント：草
コメント：姫を養いたい
コメント：めっちゃ甘やかした後にいじめたい
コメント：サイコおって草
コメント：解釈一致
「兄者も甘やかしてくれていいよ〜？」
「すでに祖父母から甘やかされてよく言う。あとまた買ったろプリン」
「だって最近なんか減ってるんだもん！　兄者食ってるでしょ」
「食ってねぇし。配ってるけど」
「はァっ!?」
「巡り巡って、今事務所が大変らしいが」
「なんでアタシのプリンがアタシの知らない間にどっか行ってんの」
「それはお前が俺の知らん間に俺の逆鱗《げきりん》に触れてるからだよ」
コメント：姫虐助かる
コメント：パイセンが前にいとこからプリンのお姉ちゃんって呼ばれてるって

コメント：どんだけ遠くまでいくんだよｗ
コメント：事務所は何があったｗ
コメント：このあとスタッフが美味しく頂きました
コメント：８００円　プリン代
コメント：兄者のプリコレ参加まだ？

「なんだプリコレ。プリン関係の話続くの？」

「プリシフコレクション、だっけ。あのアニメのヤツ」

「あれそういう題名なのか。いやお前は把握しとけよ」

「そういえば前のやつで兄者出てた～。声なかったけど」

「俺は声入れてないからな」

「次回予告風のやつね～。そう、あれさ、言っていいのかな」

「裏話的なやつか？」

「うん、そう。あれね～、本当はミニで一話つくるか～みたいな話もあったんだよね」

「ワンシーン切り抜いてってことかね」

「そうそう。んでね、アタシもセリフ撮ってたんだけどさ、さよならパイセンって」

「自爆じゃん」

「うん、自爆してた。で、結局出たのって予告のとこだけじゃん？」

「おん」

「アタシ自爆した意味なくないっ!?」
「そのセリフってリアルで言うことあるんだな。バーチャルだけど」
まぁそのワンシーン切り抜きアニメができなかったのって、兄者の声優がいなかったからだと思うが。
俺には関係ないな、うん。
コメント：兄者出てくれ
コメント：兄者のスペック的に声優業向いてる
コメント：絵師いれば一人でアニメ演じきれる
コメント：この人一人何役できるんだよ
コメント：10000円　オファーしよう
コメント：5600円　兄者（CV：兄者）
コメント：P・S三期生の兄者デビューはよ
「だから出ないっての」
「加速してくね〜」
「捌ききれねぇわ。マシュマロ戻るぞ」
マシュマロ
『兄者さんみたいなVTuberになりたいです』
「ボケか？」

「マジだったり」

「俺みたいなって、俺はライバーじゃねぇし。なりたきゃなれ」

「こういうのって結構悩むよね～。応援とかしてあげたらいいのに」

「応援って、何、頑張れとか？　受験生に勉強しろって言うようなもんだろそれ」

「背中押して欲しいのかもよ～？　それにほら、兄者の後輩ができるかもじゃん」

「俺の後輩は会社にいるし。まぁ、あれだ、ここだけはやめとけ。ヤベー奴しかいないし、多分受からん」

「兄者ひで～」

「他に事務所もあるんだろうし、真っ当なのになりたいならそっち行った方がいいだろ。ここはコラボすら拒否られる魔の巣窟だし」

「兄者、恨みでもあんの？」

「お前と社長さんはそれくらいのことしてるって思って欲しいがな」

コメント：P・Sはそういうとこある
コメント：つーことは兄者も……

コメント：兄者は保護者枠
コメント：P・Sって三期生来ないよな
コメント：二期生がカオス過ぎたんや
コメント：そのせいで一期生も本性出し始めてるけどなw

コメント：本性出ちゃってるよ

「アタシ悪いことしてないじゃん」

「してなかったらプリンは行方不明にならんのだが」

「兄者のせいでプリンめっちゃ買うことになるんだかんね！」

「既に食い過ぎなんだよ。三食プリンかお前は」

「プリンって二色じゃない？」

「何の話だよ」

「とにかく兄者、もうプリンを勝手に触らない！　はい約束～」

「勝手な……。あー、もう知らんわ。勝手にしろ、勝手に食って肥えろ」

「あぁん？」

コメント：どんだけ食ってんだこの姫

コメント：肥えろｗ

コメント：そら山盛りプリン食ったらそうなるわ

コメント：姫丸くなった？

コメント：解釈一致

コメント：ピンクで丸い姫かわ

コメント：カ〇ビィじゃん

コメント：カ〇ビィｗｗｗ

「誰がカ○ビィじゃァ！！！」

「くそ……不覚にもおもしれぇ……」

「何笑ってんだ兄者ァ!?　これそしょーもんだから！」

「よく訴訟って言葉知ってたな、……カ○ビィ」

「半笑いで呼ぶなァ！！！」

いやなんかもう、笑えるわ。

ス○ブラ対戦する度思い出して吹きそう。

なんだろうな。

山盛りのプリンをカップごとガッツガツ食ってる画が浮かんだわ。

後日。

「おじゃましまーす」

「八重咲か。愚妹なら部屋だぞ」

「あ、兄者さん。ありがとうございますニャンなのですやねんザウルスってばよ」

「何その語尾キメラ」

#あの日見たサムネの配信を僕達はまだ知らない

今年も冬が来た。

久しぶりに、こたつを出した。

うちではこたつ廃止条例が可決されてから3年が経過している。

毎年出す度にコタツムリが発生してしまうからな。

その愚妹ツムリを排除すべく出された約束だが、俺も普通にこたつに入りたい。

ってことで、自室に設置し愚妹の入室を禁じた。

しかし今日は色々あってそれも解除した。

スミレさんが遊びに来ている。

「んぐ……くっ、ひぐっ……ぐすっ……めんまぢゃぁん……！」

「パイセンガン泣きだよ。ヤバいよ」

「お前の涙腺はそこまでもろくないか？」

「いや〜、隣でこんだけ泣かれたらさ〜」

「まぁ、確かに」

で、何故かこうなった。

こたつに入りながら、俗に言う『あの花』を視聴中である。

スミレさんからアニメについて教えて欲しいと頼まれたのがつい先日。

なんか俺や八重咲の話についていけない事が多くて申し訳ないとかなんとか。

別について来なくていいし、なんなら来れる方がおかしいのである。

そんなわけで、まずは見やすいやつからと見てもらったんだが、これだ。

ちなみに愚妹を入れたのはモラル的なアレのため。

「ごめんね……ぐすっ……私、こういうの、弱くて……」

「いえ、全然」

「なんかアタシが冷たい人～みたいになってない？」

「いや、話を理解できなくて戸惑ってる奴に見えるから大丈夫だ」

「アタシそんなにバカじゃないんだけど！」

バカだと思うぞ。

しかし、年越しまでもう二週間もないのか。

早いような、え、まじ？

半年ってそんな早く過ぎるもんなの？

俺、通算どれだけの配信に参加したのだろう。

一般人なのに……。

スミレさんが落ち着くまで小一時間使い、山積みのみかんも皮だけになった頃。

「そうだ、兄者くん。来週の土曜日って予定入ってない？」

「予定は未定で暇ですね。……なんで俺はこんな悲しいことを」

「……？　なら、ゲーム配信しない？」

「俺はいいんですけど、いいんですか？」

「もちろん。私が誘ってるんだし」

「いいならいいですけど」

「ゲーム配信すんの～？　アタシも出てぃ～？」

「お前は土曜に枠取ってるだろ」

「あ、そだった。って、なんで兄者知ってんの？　こわい」

「ストーカーと断定したように俺を見るな。普通に告知してるしお前」

前科と余罪が多数ある為、そこら辺チェックする習慣がついた。

いやな習慣だな。

にしても、スミレさんはともかくファンの方はいいのかねぇ。

まぁ結構、穏健派な雪精ってイメージ強いし大丈夫か。

【パーティー大戦】魔王とタイマン勝負【吹雪菫、兄者】

「夜分遅くにこんばんは。P・S一期生、吹雪菫です。そして、兄者ど～ん」

「気に入ってますねそれ。どうもー兄者でーす」

「うん！　なんかこう、いい！」

「語彙力が……愚妹に毒されてませんよね」

コメント：夫婦配信きちゃー
コメント：この日ってのがもう夫婦
コメント：てかはよ付き合え
コメント：式まだ？

コメント：兄者は相手がいなかったんだろ
コメント：目の前におるやんけ
「ゲームやる前に聞きたかったんですけど、なんでいきなり？」

「前々から思ってたんだけどね。兄者くんって、実はツンデレ？　みたいなところあるでしょ？」

「ないっすね」

「だから、え、ないの？」

「ないっすね」

「あー、えっと、話を戻すと。その、私とまだ距離を感じるというかね」

「先に距離あけたのスミレさんの方だった気がするんですが」

コメント：お？

コメント：けんか？

コメント：痴話喧嘩
コメント：出だしから不穏
コメント：これは離婚案件？

「それは、ちょっと誤解とかあって、面と向かって話したくなかったというか」

「それだけ聞くと俺嫌われ過ぎでは」

「でもほら、こうして話せるようになったから」

「あー、この人コミュ障だった」
「で、さっきの話だけど。兄者くんのいじわるって親しい人にしかしないじゃない？」
「いじわるをした覚えがないですねはい」
「春ちゃんもそうだけど、夜斗くんとか八重ちゃんにするのって、愛情の裏返しみたいなところがあるじゃない？」
「わー無視だー」
「そう考えると、私にはあんまりそういうことしないなーって思ったんだよね」
コメント：兄者は基本ドS
コメント：無自覚なSとか怖いｗ
コメント：愛ってなに？
コメント：目
コメント：目の裏返しとか拷問感あるｗ
コメント：パイセンってもしかしてM？
コメント：いじわるされたいと
「だから距離を感じるというか、気を遣ってるんじゃないかなって」
「まるで俺が気遣いの無いやつみたいに言われてる気が……」
「ということで、今日は忖度なしでゲームしよう！　手加減とかしないでね」
「まぁ主旨は分かりました。で、その台本あとどれくらい続きます？」

「だ、台本なんて読んでないよ!?」
「素直だなこの人」
コメント：パイセンかわいいかよ
コメント：真理だな
コメント：これがシュ○インズ・ゲートの洗濯
コメント：その門洗えるんだ
コメント：心が洗われる
コメント：シュ○インズ・ゲートの洗濯ｗ
まぁ実際、会ってちゃんと話せるようになったのは意外と最近だ。
それまではマジでキョドってる部分がチラホラ見えてた。
タイマンで話すのは特に苦手そうだったし。
そういう意味では、愚妹がいい中継役になっていたのだろう。
本人には絶対に言わないが。
つーわけでご存知パーティー大戦だ。
ミニゲームが多いからいくらでも遊べる感じはある。
最初はポーカーか。
運要素強めだな。
「ちなみにスミレさん、ルールは大丈夫ですか？」

「一応ね、一通り練習はして来てるよ」

「結構マジですね」

「兄者くん強いからね。ちゃんと準備して来たよ」

「そうなんですね。あ、一つ確認しときますけど、今日は手加減なしでやるんですよね？」

「うん。やったら怒るからね？」

「あんま怖くなさそうですけど分かりました。ちなみに知ってますか？」

「なにかな？」

「ポーカーに裏ルールがあるんですよ。相手の手がジョーカー含んだ役の場合、スペードの3で役なしで出すと勝てるんです」

「そうなの!?」

「結構知られてないですけどね」

「そうなんだ……ルールに書いてなかったから知らなかったよ」

「じゃあ始めますか」

コメント：それマジ？

コメント：聞いた事ねぇ
コメント：兄者のゲーマー知識ヤバい
コメント：それ大富豪じゃ
コメント：そんなルールあるのか？

コメント：これは匂うな
「4のスリーカードです」
「ふっふ、兄者くんがジョーカーを持ってるのは分かってたよ」
「え、何そのキャラ」
「それに兄者くんが嘘をついて役なしにさせようとしてるのもね！」
「この人、後輩に悪い影響受けてそうだな」
「だからちゃんとスペードの3は交換したよ！」
「……でもツーペアなんですね」
「うん……」
コメント：負けるんかいｗ
コメント：ちゃんと兄者対策してるパイセンえらい
コメント：盤外戦法は封じたかな
コメント：旦那の性格を知ってる嫁感
コメント：エモい
コメント：なんでゲームするだけでてぇてぇんだ
コメント：なんだ夫婦か定期
メタられてるな俺。
ちなみにこのルールは嘘だ。

安心しろ。

そんなルールないし、あったら説明しろよゲーム運営。

まずは俺の一勝で、次ゲームはパイセンがセレクト。

得意の神経衰弱を選んだ。

この人、記憶力はいいからな。

ポンコツなところあるけど。

「神経衰弱なら読み合いとかないよね」

「心理戦はあんまりないですね」

「前に勝ったこともあるし、これは結構自信あるよ」

「なんか何言っても疑われそうで発言できないな」

「私を騙せると思わないでね」

「そう言えば、愚妹が引退考えてるらしいんですけど、何か聞いてます？」

「騙されないよ。……え、嘘だよね？　私何も知らないんだけど……春ちゃん何か悩んでるの？　相談に乗るよ？」

「この人チョロいな」

コメント：チョロいw
コメント：ほらそうやってすぐ騙される
コメント：ピュアかよ

コメント：パイセン心理戦よわよわなの可愛ええ
コメント：はやくも動揺してる
コメント：パイセン嘘やからな
コメント：え、嘘だよな？
コメント：虐待されすぎて辞めたりしないよな？
コメント：リスナーまで騙されてんの草

「その6、また捲《めく》ってるね」

「そろそろこいつも過労死ですかね」

「もしかして、わざと？」

「分からないやつを開くより安牌《あんぱい》なんで」

「あ、そういう作戦なの!?」

「まぁ、そうっすね」

「ねぇズルいと思う。私しか新しいの開かないから、間違ったら兄者くんが全部とるじゃん！」

「そういう作戦なので。あ、2貰いでーす」

「むぅ……いいもん。私も分からない時は出てるところ開くから」

「今の時点でだいぶ差ついたんでいいですよ」

「もう……もう……！」

コメント：パイセンが悔しがってるの珍しい
コメント：得意ジャンルだからか
コメント：台パンあるか？
コメント：姫じゃあるまいし
コメント：でも結構楽しそう
コメント：それな
コメント：普通に楽しんでるｗ

「いえーい、二勝」

「棒読みで言わないでよぅ」

「ハンデ付けます？」

「手加減は要らないよ。それに、なんだか楽しいし」

「そうですか？　俺、結構容赦なくやってますけど」

「本気でやってくれてるなら嬉しいかな。夜斗くんとゲームする時もこんな感じなの？」

「まぁ基本そうですね。……何故夜斗の話題？」

「兄者くんとゲームするの楽しいって前に言ってたんだよ」

「へぇ」

「凄く興味無さそうだね」

「答えを求めた訳じゃなかったんで」

「あ、独り言だったんだ」
「ただの感想でしたよ」
「……兄者くん、敬語やめよう」
「急に話が変わったぞ」
「そうそれ！　私が距離を感じる理由が分かった。私だけ敬語なんだよ」
「タメ口で話せってことですか」
「うん、そう」
「力強い返事だ」
コメント：パイセングイグイ行くな
コメント：これは兄者攻略も近い
コメント：だから付き合えよ
コメント：結婚して一週間目の会話で草
コメント：嫁に敬語はなくてもいける
コメント：俺が許す（後方腕組）
コメント：雪精の総意だな
と言われてもな。
一応年上な訳で、たまにツッコミでブレてるけど意識してタメ口は使いにくい。
それに俺、キャラでやってるわけじゃないし。

あくまで一般人だし。

どうにか言いくるめて、ゲームを続ける。

色々やって、八対一で俺の勝ち越しは確定した。

ガチガチの運ゲーで負けたけど、まぁそんなもんだろ。

愚妹が相手だったらもう二つくらい取られてたろうし。

「次で最後ですね」

「そうだね。あ、兄者くん。オススメのアニメってある？」

「急に？　なにゆえ八重咲みたいなことを」

「前に見せてもらってから、他のアニメも見たいなって」

「そうっすね。涼宮ハ〇ヒの憂鬱《ゆううつ》っていう、結構有名なやつがありまして」

「タイトルは聞いた事あるかも」

「サンタクロースをいつまで信じていたか、って出だしのナレーションから面白いんでおすすめです」

「サンタクロースをいつまで信じていたか……」

「どうしました？」

「……えっと、兄者くん。今日って、何日だったっけ……？」

「二十五ですね」

「それって、クリスマス、だよね？」

「そうですね」

「……はぁ――――！！！」

「まぁ、だから大丈夫か聞いたんですけど」

「……私、え、クリスマスに誘っちゃったの――!?」

「しかもゲームしようとか、敬語やめろとか言われましたね俺」

「はぁ――！　はぁ――――！！！」

「つか、昨日イヴとかそういうので知らなかったんですか」

「……ごめん、もう終わろ……？　なんか全部が恥ずかしくなってきた……」

「さーて、次はなんのゲームにしよっかなー」

「もう終わろ……やだ……私、テンションおかしかったよ……」

コメント：照れスミレてぇてぇ

コメント：スミ虐じゃねぇか

コメント：いいぞもっとやれ

コメント：無限に続けこの配信

コメント：兄者全開だ

コメント：手加減なしのドS

コメント：DV兄者

コメント：この晒し上げはキツいw

コメント：これアーカイブ残らん可能性出てきたｗ
コメント：切り抜けぇ！

心に深いダメージを負ったスミレさんを負かして九対一。

アーカイブは残したらしいが、それ以上に後半のクリスマス失念トークの切り抜きが瞬く間に広まった。

きっと彼女はクリスマスが来る度にこのことを思い出すのだろう。

アーメン。

後日、帰宅した時のこと。

「くがぁ……～」

俺の部屋にコタツムリがいたので、みかんの汁で退治した。

#はたらく兄者

「ではこれより、第一回企画会議を始める」

「いや帰れ夜斗」

「兄者さん、今はふざけてる場合じゃないんですよ」

「八重咲よ。どう考えてもふざけてるのお前らだからな」

なんでリアルに俺の部屋で神妙な面持ちしてんのこいつら。

つか男の部屋になんの躊躇も無く遊びに来るこの子どうなのよ。

呼んだ夜斗もだが、倫理観とか大丈夫なのか？

「そもそも俺をそういう話に巻き込むな。俺企業ライバーじゃないし、ライバーですらないから」

「これは兄者にも大いに関係する話だぞ」

「何がだ」

「うちに、企業案件が来た」

「……なに？」

「他社からの案件が来たんだよ」

「嘘だろ……あんなイカれ人間の濃厚詰め合わせギフトみたいな事務所に？」

「その物言いはどうなんだ」

「でもまぁそういうことですよ。うちにちゃんとした案件が来るなんて初ですから」

「まぁ、だろうな」

「兄者のオレらに対するイメージ相当酷いな」

「まぁな。んで、それがどうしたんだよ。別にいいことじゃねぇか」

「それが、ですね」

「春風桜が、選ばれたんだよ」

あ、終わったじゃん。

企業案件。

簡単に言えばＣＭだな。

今じゃ動画投稿サイトがテレビレベルの宣伝効果を持ってるわけだし、大手企業のVTuberはタレントと遜色ない知名度を持ってる。

一部のユーザーに対してではあるが。

当然ダイマをやるとなれば、それぞれのキャラクター性も重要になってくる。

未成年キャラが酒を宣伝とかはアウトだ、みたいにな。

今回、ＰＳに来た案件企業は森水乳業、乳製品を作ってる大手だ。

「プリンとか作ってるし、まぁなるほどって感じではあるが」

「桜が企業案件って、ヤバいだろ？」

「倒産を視野に入れるべきだな」

「実の兄がそこまで言うんですね」

「何するかは知らんが、平気で他社のプリンの名前出して利きプリンしよ～とか言い出しかねんぞ」

「実の妹なんだと思ってんだよ兄者」

「平気で言いそうですね。だからわたし達も不安なんですよ」

「そういやスミレさんは？」

「純粋に喜んでんだよこれが」

「あの人実はバカなんじゃないのか」

「ともかく！　それで対策が必要なので兄者さんを呼んだってわけです」

「いや、呼んだってか、ここ俺の部屋」

【ワードウルフ】これは騙し合いのゲーム！！！【春風桜、サイサリス・夜斗・グランツ、吹雪菫、八重咲紅葉、兄者】

「いえ～い、おはる～、桜だよ～。ゲームするぞ～！」

「おい進行、台本を読め。ちゃんとふりがな振ってあんだから読め」

「ちょ兄者っ!?　それは言わなくていいじゃん～！」

「どうも兄者でーす。ってことでやってくんだが、もうこいつに進行とか任せられんから夜斗、頼む」

「仕方ないな」

「うわ～夜斗くんのドヤ顔が見える～」

コメント：ふりがなw
コメント：これは解釈一致w
コメント：魔王軍コラボ増えたな
コメント：姫が一番苦手なゲームじゃんw
コメント：運要素ほぼない？

コメント：お題の引きでワンチャン

夜斗の進行で一通り挨拶を終える。

さて。

ワードウルフ。

分かりやすくいえば、一人当てゲームだな。

プレイヤーには各々にお題が発表されるが、一人だけそのお題が周りと違う。

お題について話し合い、一人を投票で決める。

多数派は一人を投票で炙《あぶ》り出せればクリア。

一人は逃げ切れば勝ち。

ただ、このルールは多数派がかなり有利だったりする。

何せ一人は最初の一言で詰む可能性があるからな。

てことで、一人は投票で負けても多数派のお題を見抜ければ勝ちとする。

これなら多数派も迂闊《うかつ》に情報が出せなくなるし、バランスはまぁ取れるだろう。

「――以上のルールでやってくぜ。しょうがねぇからオレがゲームマスターだ。ちなみに負けた奴には罰ゲームがあるからな」

「罰ゲームかぁ。兄者くんが出るようになってからいつも罰ゲームしてる気がするよ」

「俺が悪いみたいに言わないでください」

「大体兄者さんのせいですよー」

「勝てばいいんだよ勝てば」

「勝てばよかろうなのだ！」

「ほれ、はよお題配ってくれ」

「……え、兄者さん、スルー!?」

「兄者～、なんか紅葉ちゃんの扱い慣れてきてる～」

コメント：俺は人間をやめるぞ！

コメント：八重スルーｗ
コメント：兄者にゲームで負けたら罰ゲームはもはやルール
コメント：これだから姫虐はやめらんねぇんだ
コメント：姫が負けるの前提で草
一発目のお題は、『プリン』か。

こりゃ愚妹にカマかけたら速攻勝てそうだな。

ちなみにだが、この前の謎会議で愚妹に配信で案件ってのは無理だろうという結論に至った。生放送だと何言い出すか分からんからな。

そのうち事務所主催の案件動画を出すらしいし、もう俺には関係ない。

「さて、これがまずこのお題が一人か多数派かを見分けねぇとな」

「そうですね。自分がどっちかも分かんないですし」

「んじゃ話し合い始めるぞ。時間は取り敢えず5分な？　スタート！！！」

「お題なんだった～？」

「お前ルール分かってる？」

「え、お題当てるんでしょ？」

「ゲーム終了じゃん」

「あそっか。アタシまだどっちか分かんないじゃん」

「それさっきわたしが言ったよ！」

「春ちゃん話聞こうよ。それで、えっと、どうしよっか？」

「とりあえず特徴でも言いますか」

「そうですねー、これ甘いですか？」

「まぁ、そうだな」

「甘いね」

「あ～、うん、めっちゃ甘いと思う～」

「二つのお題、味は近いものなんですかね」

「さぁな。ただ直接的なこと言いすぎると多数派は即負けだぞ」

「あ、そうだね。もう食べ物ってことは分かっちゃってるし」

「下手したらもう負けてるまであるな」

コメント：甘い食べ物しか分かってないがw
コメント：実は少数派食べ物じゃない説
コメント：多数派のお題は夜斗の配信画面で見れるみたい

コメント：兄者何引いたねんｗ
コメント：姫の引きの強さに期待
コメント：誰がお題決めたか気になるｗ
プリンが多数派かまだ絞りきれてねぇし、少数派がポカするまで待つのが最適か。

スミレさんの食べ物発言を誰も否定してないが肯定もしてないのが気になるな。

「あれは？　食感は～？」

「柔らかいよね」

「ああ」

「そうですね、柔らかいです」

「へ～。う～ん、じゃあ色！」

「色、基本は黄色か？」

「そうだね、基本というかほとんどそうだと思う」

「うんうん。あれ、桜ちゃんも同じ？」

「アタシ、も同じ、だと思う、多分」

「多分って」

「じゃあさ、これ食べたいって思う～？」

「今はあんまり、かな……」

「嫌いじゃないけどね、飽きたというか」

「少なくとも大量に食うもんじゃないな」

「そうなん～？」

「まぁ例外な奴もいるが」

「なんかさ、みんなこれのこと結構詳しい～？」

「詳しいって何基準だ」

「成分とか言えって言われたら多分全部は言えないと思うよ」

「あれですよね、一般常識の範囲って感じで」

「えでもさ～、アタシこれ見たことないよ～？」

「は？」

「えっ？」

「んん？」

「え……うそ、え？」

コメント：あ……

コメント：姫アウト～

コメント：詰んだw

コメント：それはないw

コメント：まだ望みはある

「とりあえず愚妹がユダだとして」

「なんで決めつけんの〜！　……ユダってなに？　なんか豆腐の皮みたいなやつ？」

「湯葉じゃねぇよ」

「桜ちゃんが見たことないわけないですもんねこれ」

「むしろ春ちゃんのお題が気になるなぁ」

「はい！　ってことで話し合い終了な。投票するから少数派だと思うやつに一票入れてくれ」

夜斗が仕切ってそれぞれ個人メッセージで投票する。

まぁ結果は見えてるが。

「兄者一票、桜が三票ってことで、結果発表！！！　桜は、少数派だぁ！！！」

「えぇ〜！！！」

「いや何で驚けんだよお前」

「ただ、逆転チャンスタイムだな。桜が多数派のお題を当てれれば勝ちだぜ」

「絶対勝つからね〜。んと、これってアタシのお題と似てるものだったりする〜？」

「それは言えねえな」

「でもほら、さっきの話し合いで春ちゃんも甘いとか言ってたから、多分近いんじゃないかな」

「あ〜、あれアタシよく分かんないから適当に言ってたよ〜？」

「それはある意味すごいな」

「というか桜ちゃん、自分のお題理解できてないの？」

「うん」

「マジか」

「え～っと、なんだろ～。黄色くて甘いけど食べたくないやつ～？　え、無くない？」

「あるわ」

「え～……。黄色、黄色～あ、分かった～！」

「よしじゃあ、桜。答えをどうぞ！」

「『バナナ』～！！！」

コメント：なんでよｗｗｗ
コメント：確かに甘いがｗ
コメント：むしろ人気だろｗ
コメント：バナナは草
コメント：アラモード的にはニアピン
コメント：明らか別モンじゃんｗ

「いや、ハズレだが」

「マジッ!?」

「なんでバナナなの？」

「黄色くて甘いじゃん～」

「わたし達が食べたくないって話したくだりは？」

「あ、みんながバナナ嫌いなんだと思ってた～」

「はい、桜の負けだな。正解は『プリン』だ」

「えぇぇぇ!?　食べたくないわけないじゃん！　むしろ最近食べれなくて困ってんのに～」

「え、春ちゃん、冷蔵庫埋まるほど買ってるのに？」

「なんか見る度減ってるんだよ～。おかげでちょっとしか食べれないの～」

「え、待って桜ちゃん、それ一日何個計算で話してる？」

「つか、愚妹のお題はなんだよ」

「あ～えっとね～、『マンゴスチン』」

「マ、マンゴスチン!?」

「お題のクセ強いですねー」

「そらフルーツだと思うわな」

「あ、やっぱりこれフルーツなんだ～。マンゴーの兄弟かな～って思ってた～」

コメント：マンゴスチンｗｗｗ
コメント：クセが強いｗ
コメント：お題考えたの誰よｗ
コメント：マンゴスチンとプリンは普通並ばねぇ
コメント：片方のお題から想定できんわこれｗｗｗ
「んで夜斗。罰ゲームってなんだ？」

「一週間お題禁止だな」

「お題のものが禁止ってことなの？」

「あれ、じゃあ……」

「桜、一週間プリンとマンゴスチン禁止！」

「いや、いやいやいや、いやいやいやいやいやいやいや」

「良かったなマンゴスチン禁止とか実質ノーダメだぞ」

「い〜や〜だァァ！！！」

良かったな愚妹。

これで少しだけ健康的な生活が送れるぞ。

少しだけ。

にしてもほんとにお題の振れ幅すごいな。

考えたやつは酒でも飲んでたか余程のクレイジーだろう。

さて二回目は、『アルコール』

あ、察したわ。

これそういうお題だ。

んで考えたの、多分ボスだ。

あの人、えげつねぇな。

罰ゲームがやけに重めなのは、多分日頃の行いだな。

「どうかな？」

「どうしましょうか。これ普段から、その、手元にありますか？」

「冷蔵庫にあるよね～」

「そうだな」

「料理する時に使うかな」

「確かにそうですね」

「料理か。まぁ、使うな」

「アタシあんましないからわかんないけど～。あ、でも使うかも～」

「結構あれだな、色んな用途に使う感じだな」

「あ、確かに。でも基本は飲むよね？」

「飲みますね」

「あ～、アタシは全然飲んでないけど飲むよね～」

コメント：割と難問？

コメント：今んところお題も分かんねぇな
コメント：これって少数派が勝ったらどうなんの？

コメント：多数派の負けだから全員罰ゲームじゃね
コメント：また振れ幅エグそう
愚妹が普段飲まない……ってことはまぁ確定かな。

俺はどうやら少数派らしい。

「あー、だいたい分かったな」

「嘘ですよねー兄者さん。さすがに絞れないですよ？」

「もしかしてだけど、兄者くんがお題違うの？」

「端的に言うと、そうです」

「兄者バカなん？　負けじゃん。え、バカなん？」

「いや、バラした時点で分かるだろ」

「もしかして、もうお題が何か分かったのっ⁉」

「まぁそうです。あと、先に謝っときます。心の準備だけしといて下さい」

「え？　それってどういう……」

「はい！　終了！　投票するぞお前ら！」

コメント：勝利宣言

コメント：ワードウルフってよりライア〇ゲームｗ

コメント：このゲームには必勝法がある

コメント：兄者の強者感パネェｗ

コメント：あ……

コメント：これはｗ

コメント：【悲報】パイセン終了のお知らせ

コメント：泣き喚いとるｗ
コメント：パイセン涙拭けよ
「いやぁぁぁ！」
「つーわけでスミレさん、一週間『ミルク』と『アルコール』禁止頑張って下さい」
「なんで!?　ねぇなんで私だけ禁酒になるの!?」
「わたし達は飲みませんし……」
「パイセンめっちゃ叫んでる～」
「笑ってるけどお前もさして変わらんぞ」
「兄者さんの勝ちなので、わたしと春ちゃんもミルクは飲めないんですね。あんまりダメージないけど」
「えぇ……やだぁ……明後日に晩酌配信があるのに……」
「キャンセルか、晩酌配信酒抜きで頑張りましょう」
「それは晩酌配信って言わないよ！」
コメント：パイセンのシラフ配信楽しみ
コメント：シラフ配信は普通の配信なんよ
コメント：ただの雑談枠で草
コメント：晩酌酒抜きｗ
コメント：的確に嫌なとこついてくるお題だなｗ

コメント：これ全員何かしら受けるのでは
コメント：兄者が負けるビジョンが浮かばんw

その後、八重咲が『ラーメン』と『とろけるチーズ』を禁止されていた。

お題のクセは変わることなくゲームが進んだ。

『自転車』と『セ◯ウェイ』に至っては誰をターゲットにしたんだか……。

基本的に愚妹がやらかす為、俺が負けることはなかった。

相も変わらず愚妹がバカ過ぎるんだが、案件とかいいのかこれ。

数日後。

歌ってみた動画を同期に勧められた。

プリンべた褒め曲を高らかに歌い上げる、パーカー風の着物を身にまとったピンク髪VTuberの姿がそこにはあった。

明らかに俺の知ってる奴が中身のはずなんだが……誰だよお前。

#酒豪の錬金術師

「兄者くんも！　飲もーう！」

「いえ〜い飲も〜！」

「飲むな未成年」

他人の家で酒を開ける清楚の皮を被った酒豪め。

罰ゲームから解放されてすぐこれかよ。

愚妹はコーラだが。

「てか、明らかに三人分の酒がありますよねこれ」

「うん！　兄者くんの分も買ってきたよ」

「話通じてます？」

あんた二人前飲む気かよ。

酒に人を誘うのはまぁわかる。

しかし、なぁ。

八重咲とか愚妹は未成年。

夜斗は飲めんからあれだとしても、この人友達少ないのか？

頼むからもう少し倫理観もって飲んでくれよ。

「はぁ……記憶飛ぶほど飲んだら追い出しますからね」

「酷くないかな!?　大丈夫、私強いから」

「それなんて五条」

「へ？」

「あ、あれでしょ～目無い人」

「無くはねぇ」

「じゃあ、かんぱーい！」

「はいはい」

「兄者くんも飲むんだよ！」

「分かりましたよ。ってビール多くないか」

「あ、ごめんね。兄者くん私といるといつも飲まないから、好み分かんなくて」

「いや、まぁそれは謝ることじゃないですよ。俺、基本チューハイしか飲まないだけなんで」

「今日はビールにも挑戦しようよ。美味しいよ！」

「これがシラフなのかよ」

「ちなみにオススメは日本酒」

「この人、潰しに来てるだろ」

「パイセン～、ポテチ開けてい～？」

「お前はお前で自由だな」

酒は嗜《たしな》む程度なんだよな俺。

許容量は把握してるが、本当に普通。強くもないし弱くもない。

普通に同じペースで飲んでたらこんな酒呑童子《しゅてんどうじ》みたいな人とためは張れん。

ちびちび飲ませて貰おう。

……んで、二時間くらい経ったか。

だいぶ俺も酔ってる気がする。

意識はそれなりにしっかりしてるし、倒れそうではないから問題はないな。

「そうそう、私ねぇ、もうすぐ誕生日なんだよぉ」

「それは、おめでとうございます」

「うんうん。でねぇ、配信もするからねぇ、凸してねぇ」

「まぁ愚妹がする時にでも適当に混ざりますよ」

「あ、兄者もするんだ。珍し〜断ると思ってた〜」

「いや、一応八重咲の時は出たしな。そこで断るのは違うだろ」

「兄者くん、実は優しいのぉ？」

「知らなかったんですか」

「兄者はクソドSやろうだけどね〜」

「そうかそうか。それならお前の理想の兄者に今すぐなってやろう」

「わ〜い、兄者やさし〜」

「なんだっけな、クソドS鬼ＤＶ兄者だっけ？」

「話聞いてねぇ〜！」

「あははは！　二人とも、仲良いねぇ」

「普通ですよ」

「だね〜。あ、でもいつもみたいにパンチないだけやさしい」

「俺がいつも人を殴ってるみてぇに言うな」

誰がＤＶ男だっての。

俺は正当な理由がない限り人に危害を加える気は無い。

そもそも身内でもなけりゃ手も上げねぇし。

ただ愚妹が、痛みを伴わない教訓では学ばないだけで。

「でもぉ、今日の兄者くんはさぁ、いつもより優しい気がするぅ」

「俺はいつでも優しいですって」

「あ、お兄ちゃんだからぁ？」

「その表現はなんか嫌ですけど」

「でもほらぁ、兄者くんって、泣いてる子がいたらちゃんと慰めてくれそうだよねぇ」

「いや、そもそも泣いてる子を追撃しようと思いませんて」

「は？　嘘つけクソ兄者〜」

「思い出してみろ。俺がやるのは泣かすとこまでだったろ？」

「十分最低だかんねそれ〜！」

いや、泣かされる理由があるからなお前。

【凸待ち】誕生日は人望が試される日【吹雪菫】

トークデッキ：誕生日の思い出、吹雪菫の第一印象、得意料理
「はい、夜分遅くにこんばんは。Ｐ・Ｓ一期生の吹雪菫です。えっと、はい、誕生日です！」

コメント：おめでとう

コメント：おめでとう
コメント：1000円　おめでとう
コメント：2000円　おめでとう
コメント：5000円　おめでとさん
コメント：13000円　乗るしかないこのビッグウェーブに
コメント：30000円　おめでとう
コメント：13000円　グェグェクエエェ！！！
「あ、赤スパありがとうございます。えっと、え、え？　あ、んん？」
コメント：エ◯ァネタ草
コメント：ペンペンおるやんけ
コメント：おめでとう
コメント：最終回
コメント：ペンペンw
コメント：効果はいまひとつのようだ
コメント：パイセンにアニメネタ効くの
「エ◯ァ……あ、知ってるよ！　前にね、八重ちゃんがやってた。兄者くんがすごい受けてて
びっくりしたよ」
コメント：やってたw

コメント：何やってんだ八重咲ｗ
コメント：草
コメント：やるってなんだよｗ
コメント：一人で全員分おめでとう言ってたんかｗ
コメント：ペンペンやる八重咲ｗ
コメント：ペンペン八重咲
コメント：ペン咲
コメント：略されて別物やんけ
コメント：ペンギンも広い意味じゃビーストよ
「鳥ってビーストなの？　……あ、来た、ね！　えっと八重ちゃんだ！」
コメント：噂をすれば
コメント：配信見られてる説
コメント：タイミングｗ
コメント：こりゃ見てんな
コメント：本家見れるぞ
コメント：本家はエ○ァなんよｗ
コメント：マジでやるとは思わなかった
コメント：ペン咲草

コメント：ペン咲ｗｗｗ
コメント：やってって言ったパイセンナイスぅ
コメント：これだから八重咲は
コメント：パイセンが毒されていくｗ
「あははっ！　勢いが凄かったね、八重ちゃん。今度ＤＶＤ借りてこようかな」
コメント：やめとけ
「え、やめた方がいいの？　どうして？」
コメント：センシティブ
コメント：俺って最低だ
コメント：グロいよ
「あ、そうなんだ。ちょっとそれは、怖いかな」
コメント：夫と見れば？
コメント：というか旦那まだ？
コメント：兄者はよこい
コメント：兄者なのに旦那とは
コメント：兄者のダンナ
「まだ結婚してないよー。あ、でも兄者くんは多分来てくれると思う。この前にね、してねーって頼んだから」

コメント：まだしてない定期
コメント：「まだ」
コメント：夫婦いじりに慣れ始めてんの草
コメント：まだ↑ここ重要
コメント：はよせい
コメント：まだか兄者の旦那
コメント：兄者の旦那ってなんかやべぇｗ
コメント：兄者の旦那じゃなくて旦那の兄者
コメント：それもちがうだろｗ
「旦那の兄者だと、旦那さんのお兄ちゃんみたいになるね。あ、来た来た！　春ちゃんってことは、多分兄者くんもいる！」
コメント：待ってた
「はい、えっと立ち絵だして、もしもし？」
『あ、パイセン？　おめでと～』
「春ちゃん！　ありがとう！」
『ほら、兄者も。ほら』
『おめでとうございます。兄者です』
「うん。ありがとう、兄者くん」

『じゃあ、失礼します』

「うんうん……え、えぇ!?　どうして!?　まだ何も話してないよ!?」

『適当に交ざるだけですし』

「トークデッキもあるから！　ね、話そ！」

コメント：パイセン必死ｗ
コメント：兄者冷たいｗ
コメント：熟年夫婦
コメント：距離感よき
コメント：むしろ仲良い
『なんの話する〜？』

「えっとね、第一印象……は、なんだろう。前にも話した気がするね」

『マシュマロかなんかでやりましたね』

「じゃあ、得意料理は？」

『プリン！　クリーム乗ってるやつ〜』

『それクリーム乗せただけだろ』

『普通のやつも作れるから〜』

「春ちゃん本当にプリン好きだね。今度分けてあげよっか？」

『え、マジで〜？　やった〜』

『スミレさん、贈り物を返却するのはどうなんですかね？』

「私はそろそろ兄者くんからの嫌がらせだと思ってたよ？」

『まぁ嫌がらせですね。愚妹への』

『え、どゆこと？』

「兄者くんの得意料理は？　多分上手だよね」

『いや、あんまし作らないですよ。チャーハンとカルボナーラくらいで』

「簡単なやつってことかな……え、カルボナーラって簡単なの？」

『牛乳と卵あればできるんで意外と楽なんですよ』

「へぇ、そうなんだ」

コメント：今度作ってもろて
コメント：兄者の料理配信くるか
コメント：いつ旦那に出しても恥ずかしくない
コメント：夫婦で料理配信して
コメント：パイセンがやらかしてまう
『じゃあさ〜パイセンの得意料理ってなに〜？』

「私はね、からあげなら誰にも負けない自信あるよ」

『つまみか』

『おつまみだね〜』

「……八重ちゃんもそうだったんだけどさ、私のイメージってもうお酒しかないの？」
『まぁ、そうですね』
むしろ清楚枠だった頃が懐かしい。
今じゃ愚妹と八重咲に引けを取らん位にはヤベー奴だと思ってるし。
『この前も兄者と飲んでたしね～』
「あ、そう！　あの時はありがとね。初めて兄者くんが付き合ってくれたから」
『俺が飲むまで居座りそうだったんで』
コメント：旦那だから
コメント：そりゃわかるw
コメント：酒豪
コメント：付き合った？
コメント：ほう
コメント：てぇてぇ
コメント：ついに認めたか
「あ、違うくてね、お酒ねお酒」
『あの時は兄者もけっこ～酔っ払ってたよね～』
『まぁ、それなりに飲んだな』
『めっちゃ優しかったもんね～』

『どういう意味だ』

「私も思ったよ。なんだろう、兄者くんって酔うと優しくなるの？」

『俺はデフォルトで優しいですが』

『兄者ね～、酔うとめっちゃ甘やかしてくれる』

『は？』

待ておい。

甘やかした覚えはないし、そも普段から厳しくしてねぇっての。

つか、俺ほど寛容なやつそうはいねぇぞ。

『だって～なんかパイセンが愚痴ってたのめっちゃ聞いてたじゃん』

「え、あ……ちょっと待って春ちゃん？」

『お酒付き合ってくれない～ってパイセン言ってさ～。兄者もいつでも付き合いますよ～ってさ～』

「ねぇ待って！　春ちゃんホントに待って！！！」

『あと、なんだっけ。お酒飲んでたらマネージャーに止められる～って』

「いやぁぁ」

『したら、兄者は好きなだけ飲んでいいですよ～みたいなさ～』

「いやぁぁぁぁぁ」

『おいやめろ。つかそんなこと言ってねぇ』

『言ってたじゃん～』
『潰れなければ止めませんよっては言ったがな』
『ほら～』
『そんなキザなセリフじゃなかったろっての』
妄想つか脚色しすぎだろ。
あとなんでスミレさんはそんなダメージ受けてんの？
今更酒豪イメージは消せないと思うが。
コメント：パイセンw
コメント：甘えるパイセンいいな
コメント：これはてぇてぇ
コメント：甘スミレ
コメント：甘えてもろて
コメント：5800円　夫婦で晩酌配信
コメント：10000円　ちょっと酒買ってこようか
コメント：20000円　飲め
「もうやだ……ディスコ○ド切っていい？」
『スミレさんが瀕死なんだが』
『え、なんで～？』

『お前が余計なこと言ったせいだろ』
『だってあれ、パイセンめっちゃ可愛かったじゃん』
「もうやめて……春ちゃんストップ……」
『あー、もうスミレさんのライフはゼロだわ』
「うぅ……」
『んじゃそろそろ失礼します』
「うん……今日はありがとね……」
コメント：暴露祭り草
コメント：姫爆弾投げてきやがった
コメント：昇天
コメント：可愛ええ
コメント：３０００円　もっと聞きたい
コメント：２５００円　夫婦晩酌配信待ってる
「なんでこうなるの！」
「そういや、お前百万人もうすぐいきそうとか言ってたよな」
「ん～？　そだよ～。だからね～、見届け配信みたいなのやるんだよね～」
「俺も出るわ」
「えなんで？」

「いや、ちょっと面白いこと思いついただけだ」

両親に、『愚妹の黒歴史募集』とだけメールした。

#地獄美少女

「珍しいですね！　兄者さんがわたしに相談って」

「すまんな。お前くらいしかまともに頼れそうなやつがいなかった」

「嬉しいこと言ってくれるじゃないですか。貸しにしときますね」

「どうした急に」

「うまぴょい！」

「やかましいわ。あと関係ないだろ」

八重咲と通話を繋ぎながら、ＰＣを弄る。

サムネをつくるなんざ初だし、それなりに知識があるやつを愚妹以外で探さなきゃならなかった。

ちなみに夜斗はサムネが結構適当だから除外。

スミレさんは、連絡先知らんから論外。

ディスコ◯ドだといつ連絡くるか分からんし。

「サムネの作り方を教えて欲しいんだが、頼めるか？」

「任せて下さいよ。それはもう、見た人全員が開いちゃうくらいどデカい釣り針のサムネ作りましょう！」

「いや、詐欺までしなくていいから」

「詐欺はしませんよ。とりあえず兄者さんの立ち絵貼っとけば大丈夫です」

「お前は俺をパンダか何かと思ってんのか」

「最終的に勝てばよかろうなのだ！」

「腐りきってやがる方法を提示すんな柱の女」

「けど実際問題、兄者さんの影響力すごいですよ？」

「本人の知らんところで有名になってんの怖ぇな」

「兄者さんの出てる配信の再生数は軒並み高いですし、なんなら桜ちゃんのチャンネル、ほとんどコンビチャンネルですよ」

「大丈夫なのかそれ」

「兄者さんが個人チャンネル出せば解決ですね」

「新たな問題が大量にできてんだろうが」

素材に使えそうな画像は予《あらかじ》め愚妹から貰っている。

つか、なんでこんな兄者の立ち絵あるんだよ。

あのイカレ絵師さん、仕事しすぎだろ。

にしても多い。

……見直してみたが、俺の出た配信にはちゃんと兄者の立ち絵入ってんだな。

こうして見ると種類の多さに驚くわ。

ここまでレパートリーに富むと、どんな内容でも作り放題だ。

兄者はフリー素材か何かだろうか。

「今までのサムネを参考にするのもありですよ」

「それもそうだが、ほら、一応記念のやつだしな」

「確実にアーカイブ残りますね」

「となると、それなりにちゃんとしたもん作らんとな。これのせいで登録者減ったとか言われたら流石に反論できん」

「兄者さん、変なとこで真面目ですよね」

「これくらいは普通だと思うが」

「いやいや、明らかに春ちゃんを潰しに来てるじゃないですか」

朗らかでハッピーな雰囲気を強調させた黄色ベースの背景に。

いつも通りの優しい笑みを浮かべる兄者の立ち絵。

隣には感情を失ったかのような真顔の春風桜のイラストを載せ。

その上にデカデカと黒字で『黒歴史晒します』の文字。

我ながら、傑作だ。

「いい仕事したな」

「隠しきれないドSってこんな感じなんですね」
【もうすぐ百万人！】記念すべき瞬間を見守る会【春風桜、兄者】
コメント：サムネ草
コメント：黒歴史ｗ
コメント：姫虐が見れると聞いて
コメント：姫の黒歴史はヤバそうｗ
「すぅ…………………………」
「おい、はよ始めろ」
「いや……あのさ、ねぇ、これなに？」
「サムネ」
「兄者が作るって言ってたけどさ～……うん、聞いてない」
「まぁ、言ってないし」
「え本気でやんの!?　マジ？　ねぇまじ!?」
「おん」
コメント：まさかのドッキリ
コメント：言ってないは草
コメント：３００円　身代金
コメント：５００円　身代金

「つーわけで、兄者です。なんか記念日になりそうらしいんで、俺が企画持ってきましたー」
「来ましたーじゃないから！　ふつ～に雑談でいいじゃん！」
「せっかくの機会だし、もっとお前のことを知ってもらおうぜ」
「そんな知られ方したくないって～！」
「ってことで、もうすぐ百万人いくらしいんだわ。ちなみにあとどんくらい？」
「え、あ～……あと一万五千人くらいかな～」
「だそうだ。まぁさっさと百万人いけば配信も終わるし、それまで愚妹の黒歴史晒してこうと思う」
「なんで～！！！」
コメント：はよ
コメント：時間稼ぎ定期
コメント：逃がすな
コメント：永遠に百万人いかないでほしい
コメント：無限の黒歴史
「ぶっちゃけると耐久するほど数はないからな。さっさと百万人いってくれ」
「早く～！　どうか早く～！」
「んじゃ一個目行くぞー」
「ね～、もうちょっと待ってみない？　ほら～どわって増えるかもしんないじゃん」

「えーっと、『知的キャラに憧れて中学デビューするも、入学してすぐの確認テストでバカが露呈した』」
「うぐっ……」
「へぇ」
「待って兄者、違う、それは違う。春ママの思い込み入ってる」
「あぁ、あっそ。興味はないが」
「なんか酷くない!?　勝手にヒトの過去晒してその扱いってどうなん!?」
「え、じゃあ、掘る？」
「やだ、やめて」
「おん。ちなみに憧れてたん？」
「やめてって言ったじゃん！」
コメント：もっとやれ
コメント：可哀想なのすこ
コメント：姫の悲鳴よき
コメント：３００円　身代金
コメント：４０００円　マスターおかわりを頼む
「コメの加速がえげつねぇな」
「今日ずっとこんな感じなの～!?」

「次を頼む、はよ次、姫を泣かせてくれ。お前嫌われてんの？」

「ちっが！　ねぇそれはないから〜。……ないよね？　なんか付き人さんたちのノリがやばいんだけど」

「まぁ、嫌いならこんな奴に金かけねぇよな」

「兄者よりひどい人ってそんないないと思う〜」

「じゃあ次行くぞ」

「ペース早くない!?」

「えー、『中学時代。兄者の服を勝手に借りたまま友達と遊んだ際、ファッションを褒められ、以後借りパク。しばらく気に入って着ていたが、「それ男物だよね？」と聞かれ、「兄者の」と答えた。それからしばらくクラスメイトにブラコン疑惑をかけられた』」

「…………」

「はっ、きっつ」

「アタシがねェ〜！！！」

「なんでそうなるのか。あと流れるように借りパクすんなよ」

「いいじゃん！　てゆか、なんで春ママは知ってんの!?」

「ママ友にでも聞いたんじゃねぇの。知らんけど」

「なぁアアア〜！　うぁアアア〜！！！」

コメント：ごちそうさまです

コメント：春ママ強い
コメント：ドSのDNA
コメント：母親譲りのサド
コメント：兄者の原点
コメント：ドSの継承
コメント：次は君だ
というか、ほんとにおふくろがえげつない。
的確に嫌なとこを突いてくる感じ。
伊達に親じゃないってことか。
にしてもえげつない。
我が親ながら、性格悪いな。
「何回も言ってるけど、ブラコンとかありえんだろ」
「あ〜まぁね〜。普通にお下がりとかするし〜」
「なんなら部屋着とか、ほぼ俺のお古のジャージだろ」
「いや〜そこまでじゃないけど〜」
「つか、同接がとんでもない事になってないか？」
「千〜、万〜、十万〜……十万!?」
「とんでもねぇ。さいたまスーパーアリーナ五個分も見に来てんのかよ」

「兄者〜例えがわかんない」

「ググれ」

「え〜」

たしか収容人数が四万弱だった気がする。

同接十八万人。

規模がデカすぎて訳が分からん。

暇なのか。

「あとスパチャの流れが、もう引くな」

「みんなありがと〜。……兄者、前から思ってたんだけどさ〜」

「あん？」

「これなんて読むの？」

「全国の身代金納付者に謝れよ」

コメント：引くな！

コメント：シャー◯ット？

コメント：６００円　身代金
コメント：読めてなかったｗ
コメント：４００円　身代金（みのしろきん）

コメント：３０００円　身代金（みのしろきん）

コメント：ふりがな無いからしゃーなし
コメント：難しい言葉使ってごめんね
コメント：もはや煽りｗ
コメント：これ自体が黒歴史やろｗ
「え、あ、みのしろきんって読むの⁉」

「なんだと思ってたんだよ」

「中国語？」

「ここ日本だぞ」

ヤベーよこの子。

本気で言ってそうなのが特にヤベー。

身内ながら、せめてネタだと思いたい。

「んじゃそろそろ次行くか」

「もうちょっと待たない〜？　あとさっきから内容がいちいちキツイんだけど」

「名誉のために言っとくけども」

「なに〜？」

「これでも笑えるものを選んでるからな」

「アタシの黒歴史見て笑うないっ！」

「いや、俺でも読むのキツイレベルのやつあるし」

「え、どういう……？」

「まぁ読まんが」

「というかね、なんで春ママの中でアタシがブラコンになってるの？」

「知らん。あとここからだいぶ破壊力高いから覚悟しとけ」

「既に死にそ～なんだけど!?」

「『愚妹がプリンを好きな理由。

小学校に入る前から、愚妹は甘いものが好きだった。

当時、親と買い物に行くと百円だけ好きなものを買ってもらえることがある。

愚妹はいつもチョコを選んでいたが、ある時ゼリー類のコーナーでプリンを見つけた。クリームの乗ったワンカップのプリン。値段は百六十円で、買うことはできない。渋々いつものチョコをカゴに入れた。

　家に帰り、親のところへおやつを受け取りに行く。そこで、欲しがっていたプリンを手渡された。

　何が起きたか分からずにいると、兄者がチロルチョコをポケットに入れて部屋を出る。「兄者にありがとうって言っておきなさい」そう言われて、兄者がプリンを買ってくれたことに気がついた』」

「うアアア！！！」

「うるせぇ……」
「違う！　ねぇこれは違う！　ほんっとに！」
「あー、へぇ」
「めっちゃ美味しかったけど！　プリンめっちゃ美味しかったけど！　だから好きなもの！
兄者は関係ないって〜！」
「おん。いや、というか」
「ううん？」
「こんなことあったか？」
「がァァァ！！！」
コメント：絶叫助かる
コメント：どっから声出してんだよｗ
コメント：あれ？　音消えた？
コメント：ええ話やん
コメント：なんだこれ
コメント：てぇてぇ、なのか？
コメント：仲良き
コメント：いつもはツンデレ？
コメント：墓穴ほっとるｗ

コメント：あったんだな

マジで記憶にない。

まぁ愚妹の反応的に、あったのは事実みたいだが。

いやー俺優しいなー。覚えてないけど。

あと暴力的なのに時々優しいのがＤＶ男の特徴とか聞いたことある。

俺は違うけど。

「あぁ……配信、切りたい……」

「死にそうだな」

「もう終わんない～？」

「まだ百万人行ってないだろ」

「みんなお願い！　助けて～……っておおおう!?」

「むしろ減ったな」

「なんで!?　二百人くらい減ったんだけど!?」

「付き人の団結力すげぇな」

「こんなとこで団結しないで～！　むしろ助けて～！」

「これ、ネタ持つかな」

「そこの心配はしなくていいから！」

「長引くとリスナーも共感羞恥で死にかねないんだが」

「そんなヤバい話あんの……?」

「あるあるゾーンにはいったらどうしようもない」

「そういうの読も!」

「読んでいいのか」

「読まないでって言っても兄者読むじゃん」

「まぁな」

「はいクソ～クソ兄者～」

「希望通り、あるある的なやついくか」

「こうなったらもうリスナーさんも道連れにするし～」

「道連れって言葉よく知ってたな」

「うっさ!」

「じゃあ次行くぞ。えっと、『実はお兄ちゃん子』」

「違うからアアア!」

「ここまでのエピソード的に、無理あるだろ」

「てか兄者もやでしょ!?」

「わー実の妹がブラコンとか引くわー」

「クソ兄者アアアアアアアアアアアア!!!」

コメント:知ってる

コメント：だろうね
コメント：本当は兄者大好きなんだな
コメント：ブラコン姫
コメント：ブラコンはいいぞ
コメント：どけ！　俺は兄者だぞ！
コメント：全力で兄者を遂行する
コメント：付き人から兄者に転職したい
結局、登録者の増減を繰り返し一時間の配信になった。
まぁ実際問題、愚妹がブラコンってことはないだろ。
ガキの頃はよく遊んだ気もするが、それも普通の兄妹レベルだし。
あくまでネタというか、プロレス芸ってことだ。
反撃されないのにプロレスって呼ぶのかは疑問だが。
俺が愚妹の黒歴史を募集した時の話だが。
ＬＩＭＥ
おふくろ『黒歴史ってどういう話？』
俺『本人は恥ずかしいけど周りは笑えるやつ』
おふくろ『あんたのゲームのコントローラー階段から落としてスティック壊した話とか？』
ああ、アレ寿命かと思ってたわ。

俺『めっちゃ面白い画像見っけた』
愚妹『見たい』
とりあえずホラー画像送り付けた。

#罰ゲームに出会いを求めるのは間違っているだろうか

「かわいいについて語らせろー」

「ようやく昼休みにありつけたどこにでもいる普通の社会人に虚無送りつけんのやめろ」

「聞いてくれよー、語りてーんだよー」

「このラーメン食い終わるまでに終わるなら」

本日も倉元は平常運転だ。

さっさと割り箸を準備して食べよ。

「最近さ、パイセン……でわかるよな？　パイセンがアニメの勉強してるとかいってたんよー」

「……おん」

「で、昨日八重咲とコラボしててさー。アニメの話をパイセンが振ってよ。したら八重咲が止まんなくなって、ずっとパイセンがオロオロしててさー」

「……おん」

「こう、何の話してるか分からないし、止めたいけど止めるのも相手に悪いかもとか思ってるパイセンが、かわええんだー」

「……おん」

「わかる？　分からんかったらアーカイブ見てみ？　あれはかわいい。もう権化よ」

「……おん」

「聞いてるか？」

「……終わった？」

「おい！」

「……麺伸びてるぞ」

「あー……」

【マシュマロ】絶対にやってはいけないタブーゲーム【八重咲紅葉、吹雪菫、春風桜、兄者】

「私は人間を辞めるぞジ○ジョ！！！　P・S二期生、八重咲紅葉です」

「お前の精神テンションどうなってんの」

「貧民街時代に戻ってます！」

「お前にそんな時代はない」

コメント：ジ○ジョネタすこ
コメント：このやり取りすきやわ
コメント：高速で返せる兄者

コメント：タイトルの意味がわからん
コメント：キャラ濃いヤツしかおらんぞ
「紅葉ちゃん～、今日何すんだっけ？」

「春ちゃん、そこは把握しておこうよ」

「今日は、設定したキャラで配信していきます！」

「毎度の事ながら俺に対する説明皆無なんだよな」

「今日はマシュマロ食べていくんですけど、この配信中は決められたルールでトークしてもらいます」

「タブー、反則とかの意味だよね。例えば、カタカナ禁止とか悪口禁止とか、あといじわる禁止とか？」

「兄者なんもできなくなるね～」

「人を悪口の権化みたいに言うな」

「そんなわけでそれぞれの縛りを用意したので発表していきましょう！」

「八重咲が決めんのかよ」

「今日のわたしはプレイヤー兼ゲームマスターなので！　わたしがルールです！」

「帰りてぇ」

コメント：プロ野球か何か？

コメント：俺がルールブックだ

コメント：俺自身がルールになることだ
コメント：卍解は草
コメント：最期のビースト八重咲
「いきますよ。まずはスミレ先輩！　『な』を『にゃ』に代えて話して下さい」

「ネコみたいだね」

「羽川《はねかわ》じゃねぇか」

「そして桜ちゃん！　カタカナ語禁止です」

「あ、さっき聞いたやつ～」

「そして兄者さんは、ドS禁止です」

「それは何をどうすれば禁止事項に触れるんだよ」

ドS禁止って何。

まずドSじゃないし。

あとそれ性格そのものの否定じゃん。

それは愚妹にアホ禁止って言うようなもんだぞ。

俺は別に関係ないが。

「兄者立ってるだけでアウトじゃん」

「お前がアウトだな」

「え、あ……えっうそ!?　始まってる～!?」

「まだルール説明中なのでギリセーフですね。ちなみに、タブーをやっちゃったら、ガチの告白ボイスをしてもらいます。文言は即興で」

「厳しいなおい」

「告白って……えっ、誰にするの？」

「リスナーさんでいいですよ。あ、兄者さんは三人の中から選んでください」

「実質二択だし。そこはフェアにしろよ」

「チッ……」

「なぜ舌打ち」

「ではでは、そろそろいきますかね。あ、わたしのタブーは――」

「オタクムーブ禁止な。判定はスミレさんか愚妹に伝わらなかった時」

「え……」

コメント：あ……
コメント：罰ゲーム不可避ｗ
コメント：八重咲の告白ボイスが約束された
コメント：約束された告白ボイス
コメント：今すぐ始めてくれ
コメント：兄者やったれ
コメント：これはガチ恋勢が増える配信

「待って下さい！　わたしがルールですから！」

「はやくマシュマロ読もうぜー」

「聞いて下さいって！　ドＳ判定しますよ！　罰ゲームさせますよ!?」

「横暴な」

「兄者いるとき～大体紅葉ちゃん暴走するよね～」

「兄者くんくらいしか八重ちゃんの知識に追いつけないからね」

「褒めてないなうん」

「いいんですか？　ずっとわたしの告白ボイス配信になりますよ？」

「どんな脅しだよ。少しは自制心を持て。あとまだスタート言ってねぇだろ」

「はいスタート！　兄者さんＳ！　罰ゲーム！」

「ゲームマスターとしての最低限の矜持《きょうじ》すらねぇのかよ」

ゲームマスターの矜持ってなんだって話だが。

ところで、普通にゲームをすると呼ばれて来た俺は誰を殴ればいい？

ＳとかＭとか関係なく、責任問題として。

こういうことするからＤＶ男だの魔王だのクソ兄者だの言われんのかな。

俺悪くないと思うんだけど。

「まぁまぁ、八重ちゃん。ほら、マシュマロ読ま……にゃいと」

「え、パイセンかわいい～」

「そ、そう？　えっと、ありがとう？」

「どう思います兄者さん」

「なんか、すごいな」

「ですよね」

「ネコ言葉使ってあざとくないのが特に」

「ですよね！」

「それは、褒めてるのか……にゃ？」

「まぁ、一応？」

「な……にゃんで疑問形にゃの？」

「……八重咲、そういやお前に借りがあったな」

「おお！　ということは！」

「今のうち返しとく。ん、んんっ。スミレさん」

「は、はい！」

「兄者～？　なんか声違くない？」

「今から僕が言う言葉を復唱しろ」

「え、タメ口!?」

「斜め七十七度の並びで泣く泣く嘶《いなな》くナナハン七台難なく並べて長眺め」

「え？　え、えぇ？」

「あ～なんか早口言葉のやつ～」
「八重ちゃん、テキスト送るの速いよ……」
「これくらい当然です」
「えっと……にゃにゃめ、にゃにゃ十にゃにゃ度の、にゃらびで、にゃくにゃくいにゃにゃく、にゃにゃハン、にゃにゃ台、にゃんにゃく、に、にゃらべて、にゃがにゃがめ！　言えた～」
「「かわいい～！」」
コメント：かわいい
コメント：かわいい
コメント：かわいい
コメント：尊死
コメント：結婚したい
コメント：結婚を前提に結婚したい
コメント：ライナーおって草
コメント：結婚してくれ兄者と
「これで貸し借りなしだな」
「ご馳走様です兄者さん！」
「ところで、スミレさん。これの元ネタ分かります？」
「あ、これアニメとかのやつにゃんだ」

「ほい、八重咲罰ゲーム」

「えぇぇぇ!?」

「兄者えっぐ～」

「待って下さいよ！　これ話振ったのは兄者さんじゃないですか！」

「スミレさんに文章送ったろ？」

「あ……すぅ――」

「んじゃ告白ボイスまで、3、2、1、キュー」

「わたしの人生半分やるからお前の人生半分くれ！」

「やり直し」

「えぇ!?」

コメント：半分と言わず全部やる
コメント：全部くれ
コメント：ハガ〇ンｗ
コメント：これオタムーブでは？

コメント：君のようにカンのいいガキは好きだよ
「スミレさん、今のセリフ分かります？」

「今のも、アニメネタにゃのかにゃ？」

「つまりオタムーブに該当するわけだ」

「いやいやいや！　罰ゲームはノーカンで！　わたしがルールなんで！」

「もう話進まんからいいや。早くマシュマロ読んでくれ」

「兄者さん、ドS判定しますよ」

「純粋な指摘しかしてねぇっての」

そこまで横暴されたら即帰るわ。

つかドS禁止に関して完全に主観判定なのきちぃ。

マシュマロ
『八重咲と菫さん。プリンが大量に送られてきたらどうしますか？』

「なんでアタシにはないの～？」

「食う以外の答えないからだろ」

「私は、結構親戚の子に送ってるかにゃ」

「それ実体験なんですね」

「うん、兄者くんのせいでね」

「いや、明らかに俺じゃないでしょ」

「兄者さんのせいですよ。わたしなんて処理に困って事務所に持ってってますよ」

「なんだその新手のテロ。つか事務所の冷蔵庫埋まったのお前のせいかよ」

「だから兄者さんのせいですって！」

「待って～、みんな何の話してんの？」

コメント：冷蔵庫埋まったｗ
コメント：実体験？
コメント：何が起きてるｗ
コメント：兄者が姫のプリンを配ってる説
コメント：そういや最近プリン消えてるって姫言ってたな
コメント：送り先なの草
コメント：プリンが大量に送られてきてる（物理）

マシュマロ
『春風兄妹の新衣装はいつ頃になりそうですかねぇ。最近、家の祖父が元気なうちに見たいんじゃと画面の前で泣いていているんですよ』

「いや、なんで俺も含まれてんだよ」

「新衣装か〜。ママがなんか描いてたよ〜兄者の」

「油取り神さん、兄者くんのイラスト描くの好きだよね」

「いや何してんだよあの人」

「兄者さんが新衣装とか出したらとんでもないことになりそうですね」

「そもそもVじゃないんだが」

「新衣装、兄者さんならどんなのがいいですか？」

「出る前提の質問をすんな」

「水着とか～？」
「需要がねぇ」
「兄者くんの水着……にゃつのイベントとかで出るのかにゃ」
「だから、出ませんって」
コメント：今更？
コメント：ずっと待ってます
コメント：ところで2Dまだ？
コメント：Vならざるvってかっこよくね？
コメント：レア度高いよな
コメント：つかこれで素人なんよな
コメント：半年以上第一線で活躍できる兄者が素人？
コメント：素人ってなんだっけ？
コメント：この前サムネも作ってたらしい
コメント：もうチャンネル作れ
今でも思うが、お前らそれでいいのか。
愚妹のチャンネルがコンビチャンネルみたいになってるとか聞いたが、推しの邪魔になる要素じゃねぇの？　知らんけど。
まぁ、アイドルとかそういうんじゃないからセーフか？

アイドルってより芸人だもんな、この人ら。

マシュマロ

『友達が酒好きで通話しながらゲームしているんですがいつも酒飲んでゲロしながらプレイしています。

特にあの合法麻薬でヤバいと謂《い》われるス〇ゼロを飲むと人が変わり協力プレイのはずがゴリラプレイで無双します。

友人の酒を減らす方法はないですか？』

「酒といえば、スミレさんですね」

「だね～」

「はいスミレ先輩お答えください！」

「私のイメージってそこまでお酒なの!?」

「あ～！　パイセン『な』って言った～」

「え？　……あっ……」

「はい罰ゲームです！　告白ボイスです！　雪精の皆さん準備はいいですか！　心の準備は！」

「盛り上がりがすげぇ」

「ちなみに本気のやつじゃなかったらやり直しですからね」

「それお前のやり直し1ストックだろ」

「聞こえません！　さぁスミレ先輩の告白ボイスまで！　3ッ！　2ッ！　1ッ！　どうぞ……」

「いつも見てくれてありがとう。私も、あなたのことが大好きだよ」

コメント：うおおおおおお

コメント：うおおおおおおおおおお

コメント：ありがとうございます！

コメント：ご馳走様です！

コメント：かわ

コメント：うっしゃああああ

コメント：いえええええええええい

「……なんか、わたしの時と反応違いすぎません？　気持ちは分かりますけど」

「はうぅ……恥ずかしいこれぇ……」

「まぁ、お前のはネタに極振ってた部分はあるからな」

「そもそも兄者さんが罠に嵌めたせいでやる羽目になったんですけどね！」

嵌めた訳じゃないが。

ただ借りを返そうとしたら目の前にオタクがいただけで。

にしても……。

プリンの件もそうだが、なんか俺の評判の悪さがいよいよじゃないか？

なんで俺のせいで罰ゲームしてますみたいな流れになってんだよ。

プリンに至っては明らかに愚妹がやらかすせいだし。

まぁ、今度からは他人に迷惑がかからん指導法を考えるか。

「つか、マシュマロに答えてねぇ気がするんだが」

「あー、そうですね。スミレ先輩がちょっとダウンしてるんで、兄者さんお願いします」

「合コンとかで死ぬほど酔わせてトラウマ植え付ければ減るだろ」

「兄者ドSじゃん」

「はいアウト」

「あ……」

「というか、パイセン呼びってアウトじゃないか？」

「なんならママも怪しいですよね」

「え、え、ねぇ待って！　おかしくない!?」

「お前、今日何回パイセンって言った？」

「覚えてるわけないじゃん！」

「まぁ三回くらいは言ってんだろ。ほい計四回罰ゲームな」

「クソ兄者～！　クズ～！　バカ～！」

「……ところでバカって漢字で書けるか？」

「え、漢字あんの？」

「糞と屑とバカで三回追加な」

「はァァ～!?」

「ほれ一回目ー。さんー、にー、いーち、キュー」

「えっと……君のこと大好き～」

「やり直し」

「ふぇぇぇ!?」

「一回目ー。さんー、にー、いーち、キュー」

「ずっと一緒にいて欲しいな～」

「……じゃああと六回な。はい、さん、にー、いち、キュー」

「やってられっかァァァァァァ!!!」

コメント：ご馳走様です

コメント：ドSやん

コメント：姫虐は正義

コメント：姫虐なら合法

コメント：もっとやれ

コメント：本当に告白ボイス配信になるの草

コメント：姫アドリブ利かないよ

コメント：まだ三回目w

コメント：兄者がルールだったわ
結局、通算して十五回くらいは罰ゲームした気がする。
愚妹が。
後半とかセリフのレパートリー無さすぎてほぼ繰り返しだったし。
我が妹ながら、どうなんだそれ。
ちなみに俺も罰ゲームはやった。
八重咲だけならともかく、スミレさんまでドS判定して来たしな。
今思うとかなりの黒歴史だなこれ。
「勝手に好きになっていいですか？」じゃねぇよ。
あと八重咲も「いいですよ」じゃねぇよ。
余談だが、俺の罰ゲーム後のコメ欄は「嫁に言え」で埋まった。
その後しばらくスミレさんがミュートになった。

《了》

あとがき

初見さんいらっしゃい。

どうも。江波界司です。

現実をメンテナンスする神様は怠惰なようで、バグ発生に伴い、WEB小説だった本作品が書籍化となりました。

読んで頂いた方には分かる通り、この作品は著作権侵害に全身浸かってバタフライしています。

担当の方に貰った校正後の文章は伏字まみれ。後世に残せない類の文書を見た気分でした。

そんな危険物を売り出した会社が存在します。

現実は小説より奇なりとはよく言ったものですね。

さて、本作品の説明を少々。

この本を手にした人には、既に最低限の事前知識がある。そういう前提でこの作品を書いています。

なので今更VTuberとはなんぞや、みたいな話はしません。まず作者自身がそんなに詳しくないです。

そもそもこの作品は、とあるVTuberの切り抜き動画を見て思い付き、ノリと勢いとラーメンで書いたことが始まりです。

そこへ予想外に想像以上の読者が集まり、「さっさと続きを書け」という被害妄想的強迫観念に突き動かされてここまで来ました。

私が好きなようにやったものを、面白いと言って見てくれる人がいる。

制作経緯といい、ライブ感といい、つくづく元ネタとのシンクロが感じられるなと、他人事のように思っています。

この作品のジャンルは何？と聞かれると自分でもよく分かりません。一応、スローライフとか日常系に分類するんでしょうか。

細かい分析をするような作風ではないですし、気にしたら負けですね。

私にできるのは、心象風景を具現化する……もとい具象化することだけ。

自称どこにでもいる普通の社会人男性の日常。その切り抜き動画でも開くように、気軽に読んで欲しいと思っています。

めくるめく展開も、手に汗握るバトルも、全米が涙する感動シーンもないかもしれませんが、日常ってそんなもんですよね。

リアルにバーチャルなフィクションは、これからもうちょっとだけ続きます。続きが気になるという方は、是非、売上に貢献してください。

露骨な宣伝は放置して、最後に謝辞を。

一二三書房様。冒頭で散々なことを言いましたが、感謝していることも事実です。こんなやべぇ作品を書籍化して頂き、ありがとうございます。ついでに墓場まで一緒にゴールしようねと約束しませんか。深い意味はないのですが、何かと最近物騒なので。

そして素晴らしいイラストを生み出してくれたイラストレーターのみず様。ラフ画だけでも感動でリアルに叫びました。私にできることが「事実上の油取り神」というほぼ嫌がらせみたいな称号をあげる事しかできないのが悲しいです。命を吹き込んで頂き、なんなら生み出して頂きありがとうございます。

スペシャルサンクスの話をすると、とんでもない数の作品と作者様の名前を挙げることになりそうです。なんならあとがき全部をそれに充てようかとすら思ってました。

パロディさせて頂いた作品、先生方にはこの上ないリスペクトと感謝と謝罪を持ち続ける所存です。

なのでどうか法的措置だけはご勘弁を……。

江波界司

ブレイブ文庫
モブ高生の俺でも冒険者になれば
リア充になれますか？
著作者:百均　イラスト:hai
スクールカーストを駆け上がれ!!!!!!
美少女モンスターたちと
迷宮踏破!
1～2巻発売中！
1999年、七の月。世界中にモンスターが湧きだす迷宮が出現した。そこで手に入る貴重な資源を求めて迷宮に潜る冒険者は、人々の憧れの職業になっていた。自他ともに認めるモブキャラの高校生・北川歌麿は、同じモブキャラだったはずの友人が冒険者になった途端クラスの人気者になったのを見て、自分も冒険者になってリア充になろうと一回百万円の狂気のガチャに人生を賭ける――！
定価：760円（税抜）
©Hyakkin

1巻発売中!

可愛い幼馴染み?

いるよ、君の隣に…

「可愛い女の子の幼馴染みが欲しい」――それは、いつも一緒の四人組でお昼を食べている時に秋人が放った何気ない一言だった。しかし彼は知らなかった。目の前にいる夏実こそ、実は小さい頃に引っ越してしまった幼馴染みだということを！　それ以来、夏実は秋人に対してアピールしていくのだが、今まで友達の距離感だったことからうまく伝わらなくて……。いつも一緒の友達から大切な恋人へと変わっていく青春ストーリー開幕!!

定価：760円（税抜）

©Nekokuro

唯一無二の最強テイマー
～国の全てのギルドで門前払い
されたから、他国に行って
スローライフします～
原作：赤金武蔵　漫画：田村紘一
キャラクター原案：LLLthika
異世界還りのおっさんは
終末世界で無双する
原作：羽々音色　漫画：ダンタガワ
ジャガイモ農家の村娘、
剣神と謳われるまで。
原作：有郷　葉　漫画：たぢまよしかづ
キャラクター原案：黒兎ゆう

雷帝と呼ばれた
最強冒険者、
魔術学院に入学して
一切の遠慮なく無双する
原作：五月蒼　漫画：こばしがわ
キャラクター原案：マニャ子
どれだけ努力しても
万年レベル0の俺は
追放された
原作：蓮池タロウ
漫画：そらモチ
モブ高生の俺でも冒険者になれば
リア充になれますか？
原作：百均　漫画：さぎやまれん　キャラクター原案：hai
COMIC
NOVA
ノヴァ
https://www.123hon.com/nova/
話題の作品
続々連載開始!!

転生貴族の異世界冒険録
～カインのやりすぎギルド日記～
原作：夜州　漫画：香本セトラ
キャラクター原案：藻
レベル1の最強賢者
原作：木塚麻弥　漫画：かん奈
キャラクター原案：水季
我輩は猫魔導師である
原作：猫神信仰研究会　漫画：三國大和
キャラクター原案：ハム

BRAVENOVEL
ブレイブ文庫

妹の配信に入り込んだら VTuber 扱いされた件 1

2024年9月25日　初版発行

著　者　江波界司

発行人　山崎　篤

発行・発売　株式会社一二三書房
〒101-0003 東京都千代田区一ツ橋2-4-3
光文恒産ビル
03-3265-1881

印刷所　中央精版印刷株式会社

■作品の感想、ファンレターをお待ちしております。

■本書の不良・交換については、メールにてご連絡ください。
株式会社一二三書房　カスタマー担当
メールアドレス：support@hifumi.co.jp

■古書店で本書を購入されている場合はお取替えできません。

■価格はカバーに表示されています。

■本書は小説投稿サイト「小説家になろう」(https://syosetu.com/)に掲載された作品を加筆修正し書籍化したものです。

ISBN 978-4-8242-0298-7 C0193